MORCEAUX CHOISIS

DE

LITTÉRATURE RUSSE

AVEC DEUX TRADUCTIONS FRANÇAISES

DONT UNE JUXTA-LINÉAIRE

DU MÊME AUTEUR :

LES PIONNIERS DE L'INCONNU

Explorations de Livingstone, Stanley, Savorgnan de Brazza, Nordenskiold et Crevaux. — Adopté par le ministère de l'Instruction publique pour les bibliothèques scolaires.

HISTOIRE D'UN MORCEAU DE TOILE

Ouvrage honoré d'une médaille d'honneur.

EXPLORATION DE BORGNIS DESBORDES

DANS LE HAUT NIGER

SOUVENIRS DE RUSSIE

MORCEAUX CHOISIS

DE

LITTÉRATURE RUSSE

AVEC DEUX TRADUCTIONS FRANÇAISES

dont une juxta-linéaire.

PAR

ARMAND SINVAL

EX-LECTEUR A L'UNIVERSITÉ DE CRACOVIE

CONSEILLER DE COUR EN RUSSIE

PARIS

PAUL OLLENDORFF, ÉDITEUR

28 BIS, RUE DE RICHELIEU, 28 BIS

1890

PRÉFACE

Dirai-je la genèse de ce petit livre ?... On me fit observer un jour que les officiers, à leur sortie de l'École de guerre, à peine initiés aux mystères de la langue russe, seraient heureux d'avoir entre les mains quelque chose qui tînt le milieu entre les livres de classe et les traductions *trop* littéraires d'auteurs russes. J'ai pensé qu'un choix judicieux des meilleurs écrivains slaves, traduits mot à mot d'abord, littérairement ensuite, comblerait cette lacune, et je me suis mis à l'œuvre.

Outre les difficultés de la langue, les élèves ont à lutter, en russe, contre l'*accent tonique* et les temps irréguliers d'un grand nombre de verbes. En effet, il suffit de placer l'*accent*, c'est-à-dire d'élever la voix sur une syllabe plutôt que sur une autre pour que le mot change immédiatement de physionomie et par suite de sens. Prenons, par exemple, Пожалуйста, qui revient à notre expression *s'il vous plaît;* l'accent est sur жа, et cet accent est assez marqué pour absorber toutes les autres syllabes du mot qui devient dans le langage courant *Pajalst*, ce qui n'offre aucune analogie avec le mot vrai, si on voulait le prononcer exactement *à la française*, en donnnat une égale valeur à toutes les syllabes.

On voit donc de quelle importance est l'accent tonique en russe ; aussi ai-je fait mettre en italique toutes les lettres sur lesquelles porte cet accent; la chose ne saute pas aux yeux avec autant de netteté que si ces syllabes étaient surmontées d'un signe, comme cela se fait en Russie dans les livres élémentaires, mais il sera facile aux esprits attentifs de suppléer à cette imperfection en mettant eux-mêmes au crayon le signe nécessaire au-dessus de chaque lettre en italique.

Obligé de me restreindre au point de vue de la composition typographique et ne pouvant répéter deux fois le texte russe, — ne pouvant pas non plus, par respect pour le style des écrivains, modifier ce texte, il en est résulté un mot à mot quelque peu baroque; j'espère que le soin que j'ai apporté en revanche à la traduction littéraire dédommagera les lecteurs du français barbare de ma traduction interlinéaire.

Outre les biographies qui précèdent les œuvres de chaque auteur, j'ai fait suivre ce petit recueil de notes ayant trait surtout aux temps irréguliers des verbes. J'ai laissé de côté la théorie des divers *aspects* (Виды), parce que cela m'aurait entraîné à une théorie complète de la phraséologie russe, et aurait dépassé de beaucoup les limites que je m'étais assignées.

Tel qu'il est, j'espère que ce livre aura quelque utilité ; je me réserve, dans une seconde édition, d'augmenter le nombre des morceaux choisis, et je tiendrai compte de toutes les observations qu'on voudra bien me faire sur les modifications à apporter au présent recueil.

ARMAND SINVAL.

KARAMSINE

KARAMSINE

Karamsine, le meilleur historien de la Russie, est né dans le gouvernement d'Orenbourg, en 1765. Il fit ses études à Moscou, puis servit quelque temps dans la garde impériale ; il voyagea ensuite en Europe, et notamment en France, où il noua des relations avec la plupart de nos célébrités littéraires.

A son retour, il fonda le *Journal de Moscou* et publia ses *Lettres d'un voyageur russe*, dont le style eut une influence décisive sur la langue nationale ; il osait écrire simplement, quand jusqu'alors on avait toujours cru que la langue écrite devait être toute différente de la langue parlée. Il traduisit aussi divers ouvrages de Buffon, de Marmontel, de Mme de Genlis, de Barthélemy. Quelques articles remarqués sur l'histoire de l'archéologie russe firent qu'on lui conseilla d'écrire une histoire de la Russie : Karamsine, nommé historiographe de l'empire, se mit à la besogne, et douze ans plus tard présentait à l'Empereur les huit premiers livres de son ouvrage. Quatre autres volumes seulement parurent, la mort ayant malheureusement interrompu, en 1826, cette œuvre vraiment nationale, qui a été traduite dans toutes les langues, même en chinois.

ВОДОПАДЪ РЕЙНСКІЙ

LA CHUTE DU RHIN

Представьте себѣ большую рѣку, которая,
Figurez- vous un grand fleuve, qui,

преодолѣвая въ своемъ теченіи всѣ препоны,
surmontant dans son cours tous les obstacles,

полагаемыя ей огромными камнями, мчится
opposés à lui par d'énormes pierres court

съ ужасною, яростію и наконецъ достигнувъ[1]
avec une violence terrible, et enfin ayant atteint

до высочайшей гранитной преграды и не
à une très haute de granit muraille et ne

находя[2] себѣ пути подъ сею твердою стѣною,
trouvant pas à soi une route sous cette solide muraille

съ неописаннымъ шумомъ и ревомъ свер-
avec indescriptible un bruit et un rugissement se pré-

гается внизъ, и въ своемъ паденіи превра-
cipite en bas, et dans sa chûte se change

щается въ бѣлую кипящую пѣну.
en une blanche bouillante écume.

(1) *Voir les notes à la fin du volume.*

LA CHUTE DU RHIN

Figurez-vous un grand fleuve, qui, dans une course furieuse, après avoir passé par-dessus tous les obstacles que d'énormes pierres accumulaient sur son passage, rencontre tout-à-coup une immense digue de granit, sous laquelle il cherche une issue, et se précipite enfin du haut de cette muraille avec un bruit, un rugissement indescriptible, et, dans sa chûte, se change en une bouillante écume toute blanche.

Тончайшіе брызги разновидныхъ волнъ,
Les très fines gouttelettes des de diverses formes flots,
съ безпримѣрною скоростію летящихъ одна
avec une sans exemple rapidité fuyant l'une
за другою,, миріадами поднимаются вверхъ
après l'autre par myriades s'élèvent en haut
и составляютъ млечныя облака влажной, для
et forment des laiteux nuages d'humide pour
глазъ не проницаемой, пыли. Доски, на
les yeux non pénétrable, poussière. Les planches sur
которыхъ мы стояли[3], тряслись[4] безпрестанно.
lesquelles nous étions debout tremblaient continuellement.
Я весь облитъ былъ водяными частицами,
Je tout arrosé étais par d'eau les molécules,
молчалъ, смотрѣлъ, и слушалъ разные звуки
je me taisais, je regardais, et j'écoutais les divers sons
ниспадающихъ волнъ: ревущій концертъ,
des tombant en bas vagues: rugissant concert
оглашающій душу! Феноменъ дѣйсвительно
assourdissant l'âme! Phénomène réellement
величественный!
très grand!

Воображеніе мое одушевляло хладную
Imagination mon animait le froid

La fine poussière de ses vagues aux mille formes, s'élève en myriades de gouttelettes microscopiques qui courent l'une après l'autre avec une rapidité sans exemple et forment un nuage blanc comme du lait et impénétrable à la vue. Les planches, sur lesquelles nous étions, tremblaient sans cesse. J'étais couvert des pieds à la tête de ce brouillard humide ; je ne disais rien, je regardais seulement, écoutant les sons divers de ces eaux qui tombaient... Concert rugissant, frappant même l'âme d'immobilité! Phénomène plein d'une véritable grandeur!

Mon imagination animait l'élément liquide, lui donnait

стихію, давало ей чувства и голосъ; она
élément, donnait à lui sensations et voix; il
вѣщала мнѣ о чемъ-то неизглаголанномъ! Я
parlait à moi de quelque chose indéfinissable! je
наслаждался.... Долѣе часа стояли мы
jouissais ... Plus d'une heure restâmes debout nous
въ сей галлереѣ, но это время показалось
dans cette galerie, mais ce temps se montra
мнѣ минутою. Переѣзжая[5] опять черезъ
à moi une minute. Traversant de nouveau par
Рейнъ, увидѣли мы безчисленныя радуги,
le Rhin, vîmes nous des sans nombre arcs-en-ciel,
производимыя солнечными лучами въ водяной
produits par les solaires rayons dans la d'eau
пыли, что составляетъ прекрасное, вели-
poussière, ce qui forme un très beau, très
чественное зрѣлище. Послѣ сильныхъ
grand spectacle. Après les violents
движеній, бывшихъ въ душѣ моей, мнѣ
mouvements, ayant eu lieu dans âme mon, à moi
нужно было отдохнуть[6].
nécessaire, était de reposer.

Я сѣлъ[7] на цюрихскомъ берегу и спокойно
Je m'assis sur le de Zurich rivage et tranquillement

---

des sens, une voix, et je croyais l'entendre me dire je ne sais quoi d'intraduisible en aucune langue! C'était une véritable jouissance... Nous restâmes plus d'une heure dans cette galerie, et cela ne me parut cependant qu'une minute. En traversant de nouveau le Rhin, nous vîmes dans la vapeur d'eau une multitude innombrable d'arcs-en-ciel formés par les rayons du soleil, spectacle magnifique et vraiment grandiose. Après les violentes émotions que je venais de ressentir, j'avais besoin de me reposer un peu.

Je m'assis sur le rivage Zuriquois et je contemplai

разсматривалъ картину водопада съ его
je regardai le tableau de la chûte avec d'elle

окрестностями. Каменная стѣна, съ которой
les environs. De pierre la muraille, de laquelle

низвергается Рейнъ, вышиною будетъ около
se précipite le Rhin, de hauteur sera environ

семидесяти пяти футовъ. Въ срединѣ его
de soixante quinze pieds. Au milieu de lui

паденія возвышаются двѣ скалы, или два
de la chûte s'élèvent deux roches, ou deux

огромные камня, изъ которыхъ одинъ, не
énormes pierres, de lesquels une ne

смотря на усилія волнъ, стремящихся
regardant pas sur la force des vagues, s'efforçant

сокрушить его, стоитъ непоколебимъ (подобно
de briser elle, est debout inébranlable, (pareillement

великому мужу, скажетъ[8] стихотворецъ,
à un grand homme, dira, le poète,

непреклонному среди бѣдствій и щитомъ
impassible au milieu du malheur et avec le bouclier

душевной твердости отражающему всѣ удары
d'âme de la fermeté repoussant tous les coups

злаго рока), а другой камень едва дер-
du mauvais destin), et l'autre pierre à peine se

---

tranquillement le tableau de la chute et de ses environs. La muraille de granit, d'où se précipite le Rhin, peut avoir environ soixante-quinze pieds de hauteur. Vers le milieu de la chûte s'élèvent deux pierres énormes, deux rochers : l'un, quelle que soit la violence des flots qui s'efforcent de le briser, reste inébranlable, semblable à l'homme fort, dirait un poète, qui demeure impassible au milieu des plus grands malheurs et n'oppose que la fermeté de son âme aux coups de la destinée; l'autre se tient à peine sur sa base, prêt à succomber quelque jour sous l'effort des vagues. Sur le rivage opposé, qui est à

жится на своемъ основанiи, будучи разрушаемъ
tient sur sa base, devant être renversée
водою. На противоположномъ крутомъ берегу
par l'eau. Sur l'opposée escarpée rive
представлялись мнѣ старый замокъ Лауфенъ,
se présentaient à moi le vieux château Laufen,
церковь, хижины, виноградные сады и дерева:
une église, des cabanes, des vignobles des jardins et des arbres
все сiе вмѣстѣ составляло весьма прiятный
tout cela ensemble composait un très agréable
ландшафтъ.
paysage.

---

pic, le vieux château Laufen, l'église, les chaumières, des jardins plantés de vignes, et des arbres formaient un ravissant paysage.

СМЕРТЬ ОЛЕГА

MORT D'OLEG

Сей герой, смиренный лѣтами, хотѣлъ[1]
Ce héros, apaisé par les ans, voulait
уже тишины и наслаждался всеобщимъ миромъ.
déjà du silence et jouissait d'une générale paix.
Никто изъ сосѣдовъ не дерзалъ[2] прервать его
Personne de les voisins ne s'avisait d'interrompre de lui
спокойствія. Окруженный знаками побѣдъ
le repos. Entouré des marques de victoires
и славы, государь народовъ многочисленныхъ,
et de gloire, chef de peuples innombrables,
повелитель войска храбраго, могъ казаться[3]
commandant d'une armée brave, il pouvait paraître
грознымъ и въ самомъ усыпленіи старости.
redoutable et dans le même sommeil de la vieillesse
Онъ совершилъ на землѣ дѣло свое, и смерть
Il avait accompli sur la terre affaire son, et la mort
его казалась потомству чудесною. — « Волхвы,
de lui sembla à la postérité miraculeuse. — « Les devins,
такъ говоритъ лѣтописецъ, предсказали
ainsi dit le chroniqueur, prédirent

MORT D'OLEG.

Ce héros, déjà vieux et partant plus calme, aspirait au repos et jouissait d'une paix générale. Nul de ses voisins n'eût osé le troubler. Entouré des témoignages multiples de sa gloire et de ses conquêtes, maître d'un grand nombre de nations, chef d'une armée de braves, il pouvait sembler redoutable même aux dernières limites de la vieillesse. Il avait accompli sa mission sur la terre et cependant la postérité ne put accepter sa mort que comme l'effet d'un miracle. — « Les devins, dit le chroniqueur,

князю, что ему суждено[4] умереть[5] отъ
au prince, que à lui était jugé de mourir de
любимаго коня своего. Съ того времени онъ не
favori cheval son. De ce temps, il ne
хотѣлъ ѣздить[6] на немъ. Прошло[7] четыре
voulut monter sur lui. Se passa quatre
года; въ осень пятаго вспомнилъ Олегъ
années; à l'automne de la cinquième se souvint Oleg
о предсказаніи и слыша, что конь давно
de la prédiction et entendant que le cheval longtemps
умеръ, посмѣялся надъ волхвами; захотѣлъ
était mort, il se moqua sur les devins; il eut envie
видѣть[8] его кости; сталъ ногою на черепъ
de voir de lui les os; il se tint le pied sur le crâne
и сказалъ: «Его-ли мнѣ бояться?... но въ
et dit: «De lui est-ce à moi avoir peur?... mais dans
черепѣ таилась змѣя; она ужалила князя,
le crâne se cachait un serpent; il mordit le prince,
и герой скончался....» Уваженіе къ памяти
et le héros mourut....» Le respect au souvenir
великихъ мужей и любопытство знать все,
des grands hommes et la curiosité de connaitre tout,
что до нихъ касается, благопріятствуютъ
ce qui d'eux dépend, favorisent

---

prédirent que le destin avait décidé que son cheval favori serait cause de sa mort. A partir de ce moment il ne le monta plus. Quatre années se passèrent; pendant l'automne de la cinquième, Oleg se souvint de la prédiction et, ayant appris que le cheval était mort depuis longtemps, se moqua fort des devins. Il lui prit l'envie de voir les restes de son coursier; il mit le pied sur le crâne de la bête, et dit: « Est-il donc tant à craindre? » — Or, un serpent, caché dans le crâne, mordit le prince et le héros mourut. » — Le respect que l'on porte à la mémoire des grands hommes et le désir que l'on a de ne rien ignorer de tout ce qui se rapporte à eux, donnent

такимъ вымысламъ и сообщаютъ ихъ отда-
à de telles inventions et communiquent elles aux
даленнымъ потомкамъ. Можемъ вѣрить[9] и не
éloignées générations. Nous pouvons croire et ne
вѣрить, что Олегъ въ самомъ дѣлѣ былъ
pas croire, que Oleg en effet a été
ужаленъ змѣею на могилѣ любимаго коня
mordu par un serpent sur la tombe du favori cheval
его; но мнимое пророчество волхвовъ или
de lui ; mais la prétendue prédiction des devins et
кудесниковъ есть явная народная басня,
des sorciers est une évidente populaire fable,
достойная замѣчанія по своей древности.
digne de remarque par son antiquité.

---

naissance à de semblables légendes que la tradition lègue à la postérité. Libre à nous de croire ou de ne pas croire qu'Oleg a été en effet mordu par un serpent à l'endroit où se trouvaient les restes de son cheval favori, mais la prétendue prédiction des devins ou sorciers n'en est pas moins évidemment une invention populaire, digne d'être rapportée, ne serait-ce qu'à cause de son antiquité.

TOLSTOÏ

TOLSTOÏ

Le comte Léon Tolstoï est un des plus grands et peut-être le plus grand écrivain de la Russie moderne. Il fit d'abord ses études à l'Université militaire et ce n'est qu'en 1853 qu'il commença à écrire. Ses premières œuvres le placèrent de suite au premier rang; quelques-unes, comme *La Guerre et la Paix*, sont considérées comme des chefs-d'œuvre de la littérature russe : on cite encore *La Tempête, Les Cosaques, Anna Karenine*, etc.

Les derniers ouvrages de Tolstoï ont fait grand bruit à cause des questions sociales qu'il y aborde, des tendances mystiques de l'auteur dans sa vie et ses écrits depuis quelques années, et des peintures réalistes que lui ont inspirées les mœurs étranges des Mougiks. Son drame, *La Puissance des ténèbres*, met en relief d'une façon saisissante l'obscurantisme dans lequel est encore plongé le paysan russe, bon, juste et généreux par nature, mais que la paresse et l'ignorance rendent trop souvent d'une avidité et d'une cruauté inouies.

Les auteurs contemporains sont trop près de nous pour qu'on puisse les analyser en quelques lignes; leurs œuvres et leurs actions se montrent trop sur un même plan et dans un relief gênant. Nous nous contenterons donc de ces quelques mots, laissant à l'avenir le soin de mettre le comte Tolstoï à sa véritable place dans l'histoire de la littérature contemporaine.

КАКЪ ХОРОНЯТЪ ГОРЦЫ

COMMENT ENTERRENT LES MONTAGNARDS

Къ вечеру вернулись[1] Татары, привезли[2] на
Au soir revinrent les Tatars, ils apportaient sur
сѣдлѣ своего убитаго Татарина. Собрались
une selle leur tué Tatar. Ils se réunissent
всѣ его хоронить. Завернули[3] мертваго въ
tous pour lui enterrer. Ils enveloppèrent le mort dans
полотно, безъ гроба, вынесли[4] подъ чинары,
la toile, sans bière, transportèrent sous un platane,
за деревню, положили на траву. Пришелъ[5]
en de ça du village, posèrent sur l'herbe. Vint
мулла, сзади три старика въ чалмахъ рядкомъ,
le Moulah, derrière trois vieillards en turbans en un rang
а сзади ихъ еще Татары. Сѣли, потупились
et derrière eux encore des Tatars. Ils s'assirent, se prosternèrent
и молчатъ. Долго молчали. Поднялъ[6] голову
et se turent. Longtemps ils se turent. Leva la tête
мулла и говоритъ : Алла!
le Moulah et dit : Allah!

UN ENTERREMENT CHEZ LES MONTAGNARDS.

Les Tatars revinrent le soir; ils rapportaient leur camarade tué sur une selle. Tous se réunirent pour l'enterrer. Ils enveloppèrent le cadavre dans une toile, sans bière, le portèrent sous un platane, hors du village, et le posèrent sur l'herbe. Le Moulah arriva suivi de trois vieillards en turban l'un à côté de l'autre : derrière eux, encore des Tatars. Ils s'assirent, se prosternèrent et gardèrent le silence. Ils se turent ainsi longtemps. Le Moulah leva enfin la tête et dit : Allah!

Сказалъ это одно слово, и опять поту-
Il dit ce seul mot et de nouveau se prosterпились и долго молчали; сидятъ, не шеве-
nèrent et longtemps se turent; ils s'asseoient, ne bougent
лятся[7]. Опять поднялъ голову мулла. Алла!
pas. De nouveau lève la tête le Moulah. Allah!
и всѣ проговорили: алла! и опять замол-
et tous répétèrent: allah! et de nouveau se
чали. Мертвый лежитъ на травѣ, не шелох-
turent. Le mort est étendu sur l'herbe, ne bouge
нется, и они сидятъ какъ мертвые: не шевель-
pas, et eux sont assis comme morts: ne remue
нется ни одинъ. Только слышно на чинарѣ
pas un seul. Seulement on entend sur le platane
листочки отъ вѣтерка поворачиваются. Потомъ
les feuilles par le petit vent se tournent. Après
прочелъ[8] мулла молитву, всѣ встали, подняли
lut le Moulah la prière, tous se levèrent soulevèrent
мертваго на руки, понесли. Принесли къ ямѣ
le mort sur les mains, portèrent. Apportèrent vers la fosse
(а яма вырыта[9] не простая, подкопана подъ
(mais la fosse creusée non droite, creusée sous

Rien que ce seul mot: et de nouveau ils se prosternèrent et restèrent un long temps silencieux; puis ils s'assirent et demeurèrent immobiles. Une seconde fois le Moulah leva la tête: — Allah! et tous répétèrent: Allah! Puis nouveau silence. Le mort est sur l'herbe, immobile; et eux aussi, mais assis, ressemblent à des morts: pas un ne bouge. On n'entend que le bruissement des feuilles de platane légèrement agitées par le zéphyr.

Ensuite le Moulah dit la prière; tous se levèrent et emportèrent le défunt à bras jusqu'à la fosse. Cette fosse n'est pas creusée droite, mais sous la terre, en biais.

землю, какъ подвалъ). Взяли[10] мертваго подъ
la terre, comme un cellier). ils prirent le mort sous
мышки, да подъ лытки, перегнули[11], спустили
l'aisselle, et sous les jarrets, le plièrent, introduisirent
по легонечку, подсунули сиднемъ подъ землю,
légèrement, poussèrent assis sous la terre,
заправили ему руки на животъ.
ramenèrent à lui les mains sur le ventre.

Притащили наконецъ камышу зеленаго,
Ils traînèrent en fin du roseau vert,
заклали камышемъ яму, живо зарыли[12]
bouchèrent de roseau la fosse, vivement recouvrirent
землей, сравняли а въ головы къ мертвецу
de terre, égalisèrent, et à la tête au mort
камень стоймя поставили. Утоптали землю,
une pierre debout dressèrent. Ils piétinèrent la terre,
сѣли опять рядкомъ предъ могилкой.
s'assirent de nouveau en rang, devant la tombe.
Долго молчали.
Longtemps se turent.

Алла! Алла! Алла! Вздохнули и встали.
Allah! Allah! Allah! Ils soupirèrent et se levèrent.

Роздалъ рыжій денегъ старикамъ, потомъ
Distribua le roux de l'argent aux vieux, après

Ils enlevèrent le défunt, qui sous les bras, qui sous les jarrets, le plièrent en deux, l'entrèrent dans la fosse avec précaution, le poussèrent assis sous la voûte et lui ramenèrent les mains sur le ventre.

Enfin ils apportèrent des roseaux verts dont ils bouchèrent l'ouverture ; puis ils recouvrirent le tout vivement de terre, égalisèrent le sol, et dressèrent une pierre debout à la tête du mort. Après avoir piétiné la place, ils s'assirent de nouveau devant la tombe, l'un à côté de l'autre. Après un long silence :

— Allah ! allah ! allah !

Puis ils poussèrent un gémissement et se levèrent.

Le roux distribua de l'argent aux vieillards, prit son

всталъ, взялъ плеть, ударилъ себя три раза
se leva, prit son fouet, frappa à soi t ois fo.s
по лбу и пошелъ домой.
par le front et partit à la maison.

На утро вывелъ рыжій кобылу за деревню,
Au matin emmena le roux une jument du village,
и за нимъ трое Татаръ идутъ[13]. Вышли за
et après lui trois Tatars marchent. Ils sortirent ho s
деревню снялъ рыжій бешметъ, засучилъ
du village, enleva le roux son vêtement, retroussa
рукава, вынулъ кинжалъ, поточилъ на
ses manches, tira le poignard, l'aiguisa sur
брускѣ, задрали[14] Татары кобылѣ голову
une pierre, soulevèrent les Tatars à la jument la tête
кверху, подошелъ рыжій, перерѣзалъ глотку,
en haut, s'approcha le roux, coupa la gorge,
повалилъ кобылу и началъ свѣжевать, —
renversa la jument et commença à écorcher, —
кулачищами шкуру подпарывать. Пришли
avec les poings la peau déchirer. Vinrent
женщины, дѣвушки, стали мыть кишки и
des femmes, des filles, se mirent à laver les boyaux et
нутро. Разрубили потомъ кобылу, стащили
les intestins. Dépecèrent après la jument, trainèrent

---

fouet, s'en frappa trois fois le front et s'en retourna à la maison.

Le lendemain matin, le roux conduisit une jument hors du village; trois Tatars le suivaient. Une fois dehors, il retira son vêtement, retourna ses manches, prit son Kinnjâl et le repassa sur la pierre. Les Tatars maintinrent levée la tête de la jument et, le roux, s'étant avancé, lui coupa la gorge : la jument tomba et il se mit de suite à lui ouvrir la peau et à l'écorcher avec ses mains. Des femmes, des jeunes filles arrivèrent pour laver les boyaux et les intestins. La jument fut ensuite dépecée et

въ избу. И вся деревня собралась къ рыжему
à la cabane. Et tout le village se réunit chez le roux
поминать покойника.
prier pour le mort.

Три дня ѣли[15] кобылу, бузу[16] пили,
Trois jours ils mangèrent la jument, le bouza burent,
покойника поминали.
pour le défunt prièrent.

---

emportée dans l'isba. Tout le village se réunit chez le roux pour prier pour le mort.

Pendant trois jours on mangea la jument, on but le bouza, et on pria pour le mort.

МНОГО-ЛИ ЧЕЛОВѢКУ ЗЕМЛИ НУЖНО?[1]

BEAUCOUP A UN HOMME DE TERRE FAUT-IL?

Башкиры[2] положили такую цѣну за землю:
Les Bachkirs placèrent un tel prix pour la terre:
тысячу рублей за день, то есть, сколько въ
mille roubles par jour, cela est, autant dans
теченіе дня покупщикъ обойдетъ[3] земли,
le cours du jour l'acheteur parcourra (autour) de terre
то[4] и его; но съ тѣмъ, что если до захода
cela même de lui; mais avec cela, que si jusqu'au coucher
солнца не обойдетъ всего участка, деньги
du soleil ne parcourra pas toute la part, l'argen
пропали. Пахомъ, конечно, согласился и
est perdu. Pacôme, nécessairement, consentit et
думалъ, что онъ огромныя земли пріобрѣтетъ[5].
pensa, que il d'énormes terres acquérra.
Ударили по рукамъ. Сошлись утромъ при
Ils frappèrent sur les mains. Ils se réunirent le matin près
восходѣ солнца. Башкирскій старшина[6]
du lever du soleil. Le Bachkir Starchina

FAUT-IL BEAUCOUP DE TERRE A UN HOMME?

Les Bachkirs avaient fixé le prix de la terre à mille roubles par jour; cela signifiait que tout ce dont l'acquéreur ferait le tour dans une journée lui appartiendrait, mais à cette condition que si du lever du soleil à son coucher il ne parvenait pas à revenir à son point de départ, il en serait pour son argent. Pacôme naturellement, accepta le marché et se dit qu'il ne manquerait pas d'avoir par ce moyen beaucoup de terre. On topa. On se donna rendez-vous pour le matin avant le lever du soleil. Le Star-

снялъ шапку *лисью*, поставилъ на средину
ôta le bonnet de renard, (le) posa sur le milieu
шишки [7].
de l'éminence.

Вотъ, говоритъ, мѣтка будетъ, на нее и
Voilà, dit-il, le but sera, sur lui aussi
деньги клади[8], отсюда пойди, сюда [9] приходи.
l'argent placé, d'ici pars, ici reviens.
Что обойдешь — все твое будетъ. Вынулъ
Ce que tu entoureras — tout tien sera. Tira
Пахомъ деньги, положилъ на шапку, снялъ
Pacôme l'argent, plaça sur le chapeau, ôta
кафтанъ, въ одной поддевкѣ [10] остался. Пере-
son caftan, dans la seule poddievka resta. Se
поясался: потуже подъ брюхо подтя-
ceignit mieux: plus étroitement sous le ventre se
нулся кушакомъ, сумочку съ хлѣбомъ за
tira par le ceinture, un sac avec du pain sous
пазуху положилъ, баклажку съ водой къ ку-
l'aisselle plaça, une gourde avec de l'eau à la
шаку привязалъ, подтянулъ голенища, со-
ceinture attacha, tira les tiges de bottes, se
брался идти. Думалъ, думалъ, въ какую
prépara à partir. Il pensait, pensait, de quel

---

china des Bachkirs retira son bonnet en peau de renard et le plaça sur le milieu d'une éminence:

— Voilà le but, dit-il. Mets-y ton argent, pars et reviens. Tout ce dont tu feras le tour est à toi.

Pacôme tira son argent de sa ceinture, le mit dans le bonnet, retira son caftan, et ne garda que sa poddievka. Il arrangea sa ceinture à laquelle il attacha une gourde pleine d'eau, releva son pantalon, se glissa dans la chemise sous l'aisselle un sac avec du pain, et tira ses tiges de bottes.

сторону взять, вездѣ хорошо. Думалъ — все
côté prendre, partout bien. Il pense — tout
одно, пойду на восходъ солнца.
égal, j'irai au levant du soleil.

Сталъ лицомъ къ солнцу, размялся[11], ждетъ[12]
Il se tint le visage au soleil, se promena, il attend
только, чтобы показалось оно изъ за края.
seulement, que se montre il de derrière l'horizon.
Думаетъ :
il pense :

Ничего времени пропускать не стану.
Rien de temps perdre ne m'aviserai pas.
Холодкомъ и идти легче. — Въѣхали[13] на
Par le frais même marcher plus léger. — Arrivèrent sur
шиханъ[14] и верховые Башкиры, стали
le monticule aussi les à cheval Bachkirs, se tinrent
за Пахомомъ. Только брызнуло[15] изъ за
derrière Pacôme. seulement jaillit de derrière
края солнце, тронулся Пахомъ и пошелъ въ
l'horizon le soleil, se remua Pacôme et partit dans
степь. Поѣхали за нимъ верховые.
la stèpe. Partirent après lui les cavaliers.

Ainsi prêt à partir, Pacôme se demanda quelque temps de quel côté il prendrait... Il n'y avait que l'embarras du choix.

— Tant-pis, se dit-il, allons du côté de l'orient.

Il se plaça bien en face du levant, fit quelques pas, attendant seulement que l'astre parut à l'horizon. Il se disait :

— Je ne perdrai pas une minute ; au surplus à la fraicheur du matin il fait meilleur marcher.

Des Bachkirs à cheval vinrent aussi au lieu du rendez-vous et se placèrent derrière Pacôme. A peine les premiers rayons eurent-ils jailli du bord de l'horizon, que notre homme s'engagea dans la Stèpe. Les Bachkirs à cheval le suivirent.

Пошелъ Пахомъ не тихо, не скоро. Отошелъ
Est parti Pacôme pas doucement, pas vite. Il s'éloigna
съ версту; на ходу велѣлъ[16] вѣху ставить.
d'une verste; sur la route ordonna un piquet planter.
Пошелъ дальше. Сталъ шагу прибавлять.
Il partit plus loin. Il se mit le pas à ajouter.
Отошелъ еще, велѣлъ ставить другую вѣху.
Il s'éloigna encore, ordonna planter un autre jalon.
Оглянулся[17] Пахомъ: на солнцѣ хорошо видно
Regarda Pacôme: sur le soleil bien on voit
шиханъ, и народъ стоитъ. Угадываетъ Па-
le monticule et le peuple est debout. Devina
хомъ, что верстъ пять[18] прошелъ. Согрѣваться
Pacôme, que verstes cinq il est parti. A se réchauffer
сталъ Пахомъ, и снялъ поддевку, перепо-
se met Pacôme, et il ôta sa poddievka, arrangea
ясался. Пошелъ дальше. Отошелъ еще верстъ
sa ceinture. Il alla plus loin. Il s'éloigna encore verstes
пять, тепло стало. Взглянулъ на солнышко.
cinq, chaud est devenu Il regarda sur le soleil.
Ужъ время объ завтракѣ.
Déjà le temps pour le déjeûner.

Одна упряжка пошла, думаетъ. А ихъ четыре
Un relai est passé, pense-t-il. Et d'eux quatre

Pacôme ne marcha d'abord ni trop lentement ni trop vite. Après avoir fait environ une verste, il fit poser un jalon et continua sa route. Il allongea bientôt le pas, s'éloigna de plus en plus et fit poser un autre jalon. Il regarda en arrière: on voyait très bien le but au soleil et le monde qui s'y tenait. Pacôme estima qu'il avait bien fait cinq verstes; il commençait à avoir chaud; il retira sa poddievka et remonta sa ceinture. Il fit encore à peu près cinq verstes; la chaleur augmentait; et à la hauteur du soleil, Pacôme estima qu'il était l'heure du déjeuner.

— Cela fait un relai, dit-il; à quatre par jour, j'ai encore

во дню, рано еще заворачивать. Дай[19] только
dans un jour, tôt encore retourner. Donne seulement

разуюсь. Присѣлъ, разулся, пошелъ
je me déchausserai. Il s'assit il se déchaussa, partit

дальше. Легко идти стало. Думаетъ, дай
plus loin. Leger marcher devint. Il pense, donne

пройду[18] еще верстъ пятокъ, тогда влѣво
j'irai encore verstes cinq, alors à gauche

загибать стану. Мѣсто-то хорошо очень.
à tourner je me mettrai. L'endroit-là bien très.

Что дальше[20] то лучше. Пошелъ еще на пря-
Ce qui plus loin, cela mieux. Il partit encore en ligne

микъ. Оглянулся : шишку ужъ чуть видно
droite. Il regarda : la colline déjà à peine on voit

и народъ какъ мурашки, на ней чернѣется.—
et le peuple, comme des fourmis, sur lui noircit. —

Ну думаетъ Пахомъ, въ эту сторону надо
Allons! pense Pacôme, dans ce côté il faut

загибать[21], забралъ довольно. Да и разо-
tourner, j'ai pris assez. Oui et il tran-

прѣлъ[16], пить хочется[22]. Поднялъ Пахомъ
spira, boire il fait envie. Souleva Pacôme

---

le temps de tourner. Je vais seulement me déchausser.

Pacôme s'assied, se déchausse pour remettre ses bandelettes et se remet en route plus allégrement.

— Encore cinq verstes, pensa-t-il, et je tournerai à gauche.

L'endroit est beau; plus il avance, plus la terre est avantageuse. Il suit encore la ligne droite. Il regarde derrière lui : on ne voit presque plus la colline, et les gens qui y sont paraissent petits et noirs comme des fourmis.

— Allons, pense Pacôme, en voilà assez : tournons de ce côté.

Il est en nage; il a soif; il lève sa gourde et boit en

баклажку, напился на ходу, велѣлъ вѣху
la gourde, il but sur la marche, ordonna un jalon
поставить и загнулъ круто влѣво.
planter, et tourna brusquement à gauche.

Шелъ онъ, шелъ, трава пришла высокая и
Allait il, allait, l'herbe devenait haute et
жарко стало. Сталъ Пахомъ уставать; погля-
chaud devenait. Se mit Pacôme à être fatigué; regarda
дѣлъ онъ на солнышко, видитъ, самый обѣдъ.—
il sur le soleil, il voit, même le dîner. —
Ну, думаетъ, отдохнуть надо. — Остановился
Allons, pense-t-il, se reposer il faut. — S'arrêta
Пахомъ. Поѣлъ хлѣбца, а садиться не сталъ
Pacôme. Il mangea du pain, mais à s'asseoir ne se mit pas,
Думаетъ: Сядешь, а потомъ ляжешь[23], да и
il pense: Tu t'asseoiras, et après tu te coucheras, oui et
заснешь[24]. Постоялъ немного; отдышался,
tu dormiras. Il s'arrêta un peu; il se reposa,
пошелъ дальше. Сначала легко пошелъ,
alla plus loin. Au commencement légèrement il alla,
отъ ѣды силы прибавилось. Да ужъ
par le manger de la force il s'est ajouté. Oui déjà
очень жарко стало. Да и сонъ клонить сталъ.
très chaud il faisait. Oui et le sommeil à le gagner se mit.

---

marchant; il fait poser un jalon et tourne brusquement à gauche.

Il va, va... l'herbe devient de plus en plus haute, et la chaleur intolérable. Pacôme commence à être fatigué; il regarde le soleil et voit qu'il est juste l'heure du dîner.

— Allons, pense-t-il, reposons-nous.

Pacôme s'arrête pour manger un morceau de pain, mais il n'a garde de s'asseoir.

— On s'assied, dit-il, puis on se couche, et finalement on s'endort.

Après s'être arrêté un peu, le temps de souffler seulement, il se remet en marche. La nourriture lui a donné

Уморился Пахомъ. Ну, да думаетъ, часъ
Perdait courage Pacôme. Allons, oui pense t-il, une heure
терпѣть[25], а вѣкъ жить[26].
souffrir, mais un siècle vivre.

Прошелъ еще Пахомъ и по этой сторонѣ
Est allé encore Pacôme et par ce côté
верстъ десять, хотѣлъ загибать влѣво, да,
verstes dix, il voulait tourner à gauche, mais,
глядь, мѣстечко хорошо, лощинка сырая;
regarde, l'endroit bon, la cavité humide;
жаль бросить. Думаетъ: ленъ тутъ хорошъ
dommage de rejeter. Il pense: le lin ici bon
уродится[27]. Опять пошелъ прямо. За-
poussera. De nouveau il alla tout droit.
хватилъ лощинку, поставилъ вѣху. Оглянулся
Il prit la cavité, posa un jalon. Regarda
Пахомъ на шиханъ: чуть видпѣются люди.
Pacôme sur le monticule: à peine sont en vue les gens.
Верстъ пятнадцать до нихъ будетъ, ну,
Verstes quinze jusqu'à eux sera, allons
думаетъ, длинны стороны взялъ, надо эту
pense-t-il, de longs côtés j'ai pris, il faut celui-ci

---

des forces, aussi il se sent plus léger, mais il fait horriblement chaud et voilà que le sommeil le gagne! Pacôme perd un peu courage.

— Bah! se dit-il, souffrir une heure, vivre un siècle!

Et Pacôme fait encore une dizaine de verstes de ce côté. Il voudrait bien prendre à gauche, mais la place est si belle!... Un terrain en contre-bas, frais, humide... Ce serait dommage!

— Voilà un endroit où le lin viendra à merveille, se dit-il.

Il avance de manière à englober encore ce terrain-là, et pose un jalon. Il jette un regard vers le but; on dis-

по короче взять. Пошелъ третью сторону.
plus courtement prendre. Il alla par le troisième côté.
Сталъ шагу прибавлять.
Il se mit le pas à presser.

Посмотрѣлъ на солнце, ужъ оно къ пол-
Il regarda sur le soleil, déjà il vers le demi-
динку подходитъ, а по третьей сторонѣ всего
jour s'avance et par le troisième côté en tout
версты двѣ прошелъ, и до мѣста все
verstes deux est allé, et jusqu'à la place tout de même
тѣ-же верстъ пятнадцать.
ces-même verstes quinze.

Нѣтъ, думаетъ, хоть кривая дача бу-
Non, pense-t-il, quoique de travers la propriété
детъ, а надо прямикомъ поспѣвать; не
sera, mais il faut tout droit se presser ne
забрать-бы[28] лишняго. А земли и такъ ужъ
pas prendre du superflu. Et de la terre et ainsi déjà
много. И повернулъ Пахомъ прямикомъ къ
beaucoup, et se retourna Pacôme tout droit vers
шихану.
le but.

Идетъ Пахомъ прямо на шиханъ и тяжело
Va Pacôme droit vers le monticule et lourd

---

tingue à peine les gens; il en est au moins à quinze verstes.

— Allons, se dit-il, j'ai fait ces côtés-là un peu longs; il faut faire l'autre plus court.

Le voilà parti du troisième côté; il presse le pas, regarde le soleil et voit qu'il commence à décliner; cependant, il n'a encore fait que deux verstes et il en est toujours à quinze du but.

— Tant pis, se dit Pacôme, ma propriété sera de travers, mais il faut tirer au plus court. Pourquoi en prendre tant? J'en ai déjà une bonne part.

Et Pacôme prend tout droit le chemin du but.

ему стало[29], идетъ, ноги болятъ, обилъ онъ
à lui devint, il va, les jambes font mal, a tué lui
ихъ, да и подкашиваться стали, отдохнуть
elles, oui et à fléchir se sont mises, se reposer
хочется, а нельзя: не поспѣешь дойти
on a envie, mais il ne faut pas: tu ne réussiras pas à atteindre
до заката. Солнце не ждетъ, точно пого-
jusqu'au coucher. Le soleil n'attend pas, exactement
няетъ его кто, такъ и валится.
pousse lui quelqu'un, tant aussi il descend.

— Ну, думаетъ Пахомъ, не ошибся-ли я,
Allons, pense Pacôme, ne me suis-je pas trompé,
не много ли забралъ? что, какъ не пос-
n'ai-je pas beaucoup pris? quoi, quand tu n'arri-
пѣешь? охъ, далеко еще, и изморился.
veras pas? ah! loin encore, et je n'en puis plus
Какъ бы[30] не пропали мои всѣ расходы, и
Quoique ne se perdent pas mes toutes dépenses et
труды, надо потрудиться.
les peines, il faut faire de son mieux.

Встряхнулся[31] Пахомъ побѣжалъ рысью.
Se secoua Pacôme, court au trot.

Pacôme marche en ligne droite, mais il se sent à bout; il marche, mais il a mal aux jambes, il les a surmenées et elles ne veulent plus le soutenir; il voudrait se reposer, mais il n'y a pas moyen; il n'arriverait pas avant le coucher du soleil. Le soleil n'attend pas, lui, et il descend si vite qu'on dirait vraiment que quelqu'un le pousse avec la main.

— Hélas! pense Pacôme, n'ai-je pas fait une faute? N'en ai-je pas trop pris? Et si je n'arrive pas? C'est encore loin, et je n'en puis plus. Perdrai-je donc mon argent et mes peines? Allons, du courage, il faut arriver, coûte que coûte.

Pacôme se secoue et part au trot. Ses jambes sont en

Ноги въ кровь ободралъ, а бѣжитъ.
Les jambes en sang a déchiré, mais il court.

Бѣжалъ, бѣжалъ, все еще далеко. Бро-
Il a couru, couru, tout de même encore loin. Il a

силъ поддевку, сапоги, баклажку, шапку
jeté la poddievka, les bottes, la gourde, le chapeau

бросилъ
il a jeté.

— Ахъ, думаетъ, позарился я, все дѣло по-
Ah! pense-t-il, j'ai été envieux, toute l'affaire

губилъ, не добѣгу до заката. — И еще
j'ai perdu, je n'arriverai pas jusqu'au coucher. — Et encore

хуже ему отъ страха духъ захватываетъ.
pis à lui par la peur le souffle est retenu.

Бѣжитъ Пахомъ, рубаха и портки отъ поту
Court Pacôme, la chemise et les pantalons par sueur

къ тѣлу липнутъ, во рту пересохло [32].
au corps s'attachent, dans la bouche est desséché.

Въ груди какъ мѣхи кузнечные разду-
Dans la poitrine comme des soufflets de forge

ваются а въ сердцѣ молоткомъ бьетъ и
soufflent et dans le cœur en marteau bat et

ноги, какъ не свои, подламываются.
les jambes, comme pas les siennes, sont rompues.

---

sang; tant pis! Il court, il court... C'est encore loin! Il jette sa poddievka, ses bottes, sa gourde et jusqu'à son bonnet.

— Hélas! pense-t-il, j'ai été trop avide. J'ai tout compromis. Je n'arriverai pas avant le coucher du soleil.

Et la peur lui coupe encore la respiration. Pacôme court toujours... la sueur colle à son corps sa chemise et son pantalon ; sa gorge est desséchée ; il a dans la poitrine comme des soufflets de forge, son cœur bat à se rompre, il ne sent plus ses jambes. Il ne pense déjà plus à la terre.

Уже не думаетъ, объ землѣ, Пахомъ ужъ
Déjà il ne pense plus à la terre, Pacôme déjà
только думаетъ, какъ бы не помереть съ
seulement pense comment ne pas mourir
натуги. Помереть боится, а остановиться
d'épuisement. Mourir il craint, et s'arrêter
не можетъ.
il ne peut.

— Столько, думаетъ, побѣжалъ, а теперь
Tant, pense-t-il, j'ai couru, et maintenant
остановиться дуракомъ назовутъ.
s'arrêter imbécile on appellera.

Слышитъ : Визжатъ, гамкаютъ на него
Il écoute : Crient, aboient après lui
Башкирцы и отъ крика ихняго[33] у него
les Bachkirs et du cri d'eux chez lui
пуще сердце разгорается.
plus le cœur se gonfle.

Бѣжитъ Пахомъ изъ послѣднихъ силъ, а
Court Pacôme des dernières forces, et
солнце такъ и валится на край. Да и до
le soleil ainsi aussi descend sur le bord. Oui et vers
мѣста ужъ вовсе близко. Видитъ Пахомъ
l'endroit déjà tout-à-fait près. Voit Pacôme

Il ne songe plus qu'au moyen de ne pas mourir de fatigue. Il a peur de mourir, Pacôme, et ne veut pourtant pas s'arrêter.

— Après avoir fait tant de chemin, pense-t-il, on me traiterait de sot.

Il écoute, les Bachkirs crient, l'appellent et leurs acclamations lui font encore plus de mal au cœur.

Pacôme rassemble tout ce qui lui reste de forces et court ; le soleil touche presque l'horizon. Le but cependant se rapproche. Pacôme le voit déjà ainsi que les

уже и народъ на шишкѣ, на него руками
déjà aussi le peuple sur la colline, sur lui avec les mains
махаетъ, его подгоняетъ. Видитъ и шапку
fait signe, l' excite. Il voit aussi le bonnet
лисью на землѣ и деньги на ней видитъ,
de renard sur la terre et l'argent sur lui il voit,
видитъ и старшину, какъ онъ на землѣ
il voit aussi le starchina, comme il sur la terre
сидитъ, руками за пузо держится:
est assis, avec les mains au ventre se tient:

Охъ! погубилъ я себя, думаетъ, а все самъ
Ah! j'ai perdu moi, pense-t-il, et tout de même
бѣжитъ.
il court.

Взглянулъ на солнце, а оно красное,
Il a regardé sur le soleil, et il rouge,
большое, до земли дошло, ужъ краюшкомъ
grand, vers la terre est arrivé, déjà au bord extrême
заходить стало.
à se coucher il s'est mis.

Подбѣжалъ Пахомъ къ шишкѣ, и солнце
Il est accouru Pacôme à la colline, et le soleil
зашло. Ахнулъ Пахомъ. Ужъ думалъ, что про-
est couché. Gémit Pacôme. Déjà il pensait, que

---

gens qui lui font des signes et l'encouragent. Il voit même le bonnet en peau de renard par terre et l'argent dessus; il voit aussi le Starchina, assis sur le sol, qui se tient le ventre de rire.

— Hélas! je suis perdu, pense-t-il, et il court plus vite encore.

Il regarde le soleil, qui est énorme, tout rouge, à ras de terre, et déjà presque en-dessous de l'horizon...

Pacôme arrive enfin au bas de l'éminence, et le soleil disparaît. Il gémit. Il croit que tout est perdu, quand tout

пало все, да вспомнилъ, что ему снизу
était perdu tout, mais il se rappela, que à lui d'en bas

не видать, а съ шишки не зашло еще.
ne pas voir, mais de la colline n'est pas encore couché.

Бросился Пахомъ на горку, Вбѣжалъ ....
S'est jeté Pacôme sur la colline. Il a couru ....

Видитъ : шапка, вотъ она. Споткнулся
Il voit : le bonnet, voilà lui. A buté

Пахомъ, упалъ и досталъ руками до шапки.
Pacôme, il tomba et atteignit avec les mains au bonnet.

— Ай, молодецъ, закричалъ старшина.
Ah ! brave, s'écrie le starchina.

Много земли завладѣлъ!
Beaucoup de terre a acquis !

Подбѣжалъ работникъ Пахомовъ, хотѣлъ
Accourut l'ouvrier de Pacôme. il voulut

поднять[34] его, глядь[35], а у него изъ рта
soulever lui, vois mais chez lui de la bouche

кровь течетъ[36] и онъ мертвый лежитъ. А
le sang coule et il mort gît. Et

старшина сидитъ на корточкахъ, гогочетъ,
le starchina est assis sur les talons, rit d'un gros rire,

а руками за пузо держится.
et avec les mains au ventre se tient.

à coup l'idée lui vient que du haut du tertre on voit sans doute encore le soleil. Il se met à grimper avec plus d'ardeur... le bonnet!... Le voilà!... Et Pacôme, trébuchant contre une pierre, tombe dessus les mains en avant.

— Oh ! Bravo, s'écrie le Starchina; tu as acquis beaucoup de terre.

Le valet de Pacôme s'approche pour le relever, mais Pacôme est mort, et un peu de sang coule de sa bouche. Le Starchina s'asseoit sur ses talons, et se tient le ventre de rire.

Всталъ старшина, поднялъ съ земли
Se leva le starchina, souleva de terre
заступъ, кинулъ работнику:
une bêche, tendit à l'ouvrier :

— Ну, закопай!
— Allons! enterre!

Поднялись всѣ Башкирцы и уѣхали.
Se levèrent tous les Bachkirs et s'en allèrent.

Остался одинъ работникъ. Выкопалъ онъ
Resta seul l'ouvrier. Creusa il
Пахому могилу ровно насколько онъ отъ
à Pacôme, une fosse exactement autant il des
ногъ до головы захватилъ, три аршина, и
pieds à la tête embrassait, trois archines, et
закопалъ его.
enterra lui.

Такъ вотъ, сколько человѣку земли
Ainsi voilà, combien à l'homme de terre
нужно!
il est nécessaire!

Puis il se lève, ramasse à terre une bêche et la tendant au valet :

— Tiens, dit-il, enterre-le !

Tous les Bachkirs se lèvent et s'en vont.

Le valet seul reste ; il creuse à Pacôme une fosse, juste à sa mesure des pieds à la tête, trois archines, et l'enterre.

Et voilà tout ce qu'il faut de terre à un homme.

GOGOL

GOGOL

Gogol-Ianowski (Nicolas Vasiliévitch) est né au petit village Vasiliewka, dans le gouvernement de Poultava en 1810. Ce romancier, qui devait être un des plus originaux parmi les écrivains russes, eut beaucoup de peine à se placer à Pétersbourg *parce qu'il parlait mal le russe* : son accent petit-russien le faisait refuser partout. Ses essais au théâtre comme acteur ne furent pas plus heureux. Enfin, grâce à de hautes protections, il finit par obtenir une chaire d'histoire et se livra à partir de ce moment (1830) exclusivement à la littérature. Il publia successivement des *Nouvelles*, dont la meilleure est *Tarass Boulba* ; la comédie du *Réviseur*, qui est restée au répertoire ; les *Ames mortes*, œuvre étrange où il combat l'esclavage ; les *Trépassés*, et des *Lettres religieuses*. Il mourut en 1852 à Moscou.

Nous ne croyons mieux faire que rapporter ici le jugement de P. Mérimée sur cet écrivain célèbre :

« Observateur fin jusqu'à la minutie, habile à surprendre le ridicule, hardi à l'exposer, mais enclin à l'outrer jusqu'à la bouffonnerie. Gogol est avant tout un satirique plein de verve. Il est impitoyable contre les sots et les méchants ; mais il n'a qu'une arme à sa disposition, c'est l'ironie ; trop acérée quelquefois contre le ridicule, elle semble, par contre, bien émoussée contre le crime, et c'est au crime qu'il s'attache trop souvent. Son comique est toujours un peu près de la farce, et sa gaieté n'est guère communicative. Si parfois il fait rire son lecteur, il lui laisse cependant au fond de l'âme un sentiment d'amertume et d'indignation : c'est que ses satires n'ont pas vengé la société, elles n'ont fait que le mettre en colère. Comme peintre de mœurs, Gogol excelle dans les scènes familières. Il tient de Téniers et de Callot. On croit avoir vu ses personnages et avoir vécu avec eux; car il nous fait connaître leurs manies, leurs tics, leurs moindres gestes. A vrai dire, il n'y a pas de plan dans ses ouvrages, et, chose étrange, dans un écrivain qui se pique de naturel, il ne se préoccupe nullement de la vraisemblance dans la composition générale. Les scènes les plus finement traitées s'enchaînent mal; elles se terminent, elles commencent brusquement; maintes fois l'extrême insouciance de l'auteur pour la composition détruit comme à plaisir l'illusion produite par la vérité de description et le naturel du dialogue. »

КОСТЕЛЪ

UNE ÉGLISE CATHOLIQUE

Наконецъ передъ ними показалась малень-
Enfin devant eux il se montra une petite
кая желѣзная дверь. Минуты черезъ двѣ
de fer porte. Minutes par deux
загремѣли ключи, и кто-то, казалось, сходилъ
résonnèrent des clefs, et quelqu'un, parut-il, descendit
по лѣстницѣ. Наконецъ дверь отперлась; ихъ
par l'escalier. Enfin la porte s'ouvrit; eux
впустилъ[1] монахъ, стоявшій на узенькой
fit entrer le moine, se tenant sur un très étroit
лѣстницѣ съ ключемъ и свѣчей въ рукахъ.
escalier avec une clef et une bougie dans les mains.
Онъ посвѣтилъ имъ, заперъ за ними дверь,
Il éclaira à eux, ferma derrière eux la porte,
ввелъ ихъ по лѣстницѣ вверхъ и они очу-
conduisit eux par l'escalier en haut et ils se
тились подъ высокими темными сводами
trouvèrent sous de hautes sombres voûtes

UNE ÉGLISE CATHOLIQUE

Enfin devant eux s'offrit une petite porte de fer. Au bout de deux minutes environ, on entendit un bruit de clef et comme quelqu'un qui descendait un escalier. Puis la porte s'ouvrit : un moine, debout sur un étroit escalier, des clefs et une lumière à la main, les fit entrer. Il les éclaira, ferma la porte derrière eux, et les fit monter. Bientôt ils se trouvèrent sous les hautes voûtes de l'église

монастырской церкви. У одного изъ алтарей
de du monastère l'église. Chez un des autels
уставленнаго высокими подсвѣчниками и
orné de hauts chandeliers et
свѣчами, стоялъ на колѣнахъ священникъ
bougies, se tenait sur les genoux le prêtre
и тихо молился. Около него съ обоихъ
et doucement priait. Autour de lui des deux
сторонъ стояли также на колѣнахъ два
côtés se tenaient aussi sur les genoux deux
молодые клирошанина[2] въ лиловыхъ мантіяхъ,
jeunes enfants de chœur dans des violets manteaux,
съ бѣлыми кружевными шемизетками и съ
avec des blanches brodées chemisettes et avec
кадилами въ рукахъ. Онъ молился о ниспо-
des encensoirs dans les mains. Il priait sur l'envoi
сланіи чуда; о спасеніи города, о подкрѣпленіи
d'un miracle; sur la délivrance de la ville, sur la fortification
падающаго духа, о ниспосланіи терпѣнія,
de tombant l'âme, sur l'envoi de la patience,
объ удаленіи искусителя, нашептывающаго
sur l'éloignement du tentateur, chuchotant
ропотъ и малодушный, робкій плачъ на
un murmure et un lâche, timide pleur sur
земныя несчастія. Нѣсколько[3] женщинъ,
les terrestres misères. Un peu de femmes,

---

du monastère. Devant l'un des autels, orné de hauts candélabres et de cierges, un prêtre à genoux priait tout bas. Près de lui, de chaque côté, à genoux aussi, deux enfants de chœur, en pélerines violettes et en surplis brodés, tenaient à la main l'encensoir. Le prêtre demandait au ciel un miracle, la délivrance de la ville; il priait Dieu de fortifier les âmes prêtes à faiblir, de les armer de patience, et d'éloigner le Tentateur qui vient souffler à notre oreille de timides et lâches plaintes sur les misères terrestres.

похожихъ на привидѣнія, стояло на ко-
pareilles à des spectres, se tenaient sur

лѣнахъ, опершись и совершенно положивъ
les genoux, s'appuyant et tout-à-fait ayant posé

изнеможенныя головы на спинки стоявшихъ
les affaiblies têtes sur les dos des se tenant

передъ ними стульевъ и темныхъ деревян-
devant elles chaises et des sombres de bois

ныхъ лавокъ; нѣсколько мужчинъ, прислонясь
bancs; un peu d'hommes, s'adossant

у колоннъ, на которыхъ возлегали боковые
aux colonnes, sur lesquelles s'arcboutaient les de côté

своды, печально стояли тоже на колѣнахъ.
voûtes, tristement se tenaient aussi sur les genoux.

Окно со стеклами цвѣтными, бывшее надъ
La fenêtre avec des verres de couleur, étant au-dessus

алтаремъ, озарилось[5] розовымъ румянцемъ
de l'autel, s'éclairait de la rosée rougeur

утра, и упали отъ него на полъ голубые,
du matin et tombaient d'elle sur le sol de bleus,

желтые и другихъ цвѣтовъ кружки свѣта,
jaunes et d'autres couleurs des flots de lumière,

освѣтившіе внезапно темную церковь. Весь
illuminant soudain la sombre église. Tout

Quelques femmes, semblables à des fantômes, à genoux, appuyaient ou laissaient littéralement tomber leur tête sans force sur le dossier des chaises ou des bancs de bois noir qui se trouvaient devant elles; des hommes, adossés aux colonnes, où venaient s'arc-bouter les voûtes de côté, étaient aussi tristement agenouillés.

Une fenêtre aux vitraux multicolores, au-dessus de l'autel, éclairée tout à coup par les lueurs rougeâtres du soleil levant, versa à pleins flots sur le sol des rayons bleus, jaunes et autres, illuminant soudain l'obscure

алтарь въ своемъ далекомъ углубленіи пока-
l'autel dans sa lointaine profondeur se
зался вдругъ въ сіяніи; кадильный дымъ
montra soudain dans l'auréole; de l'encens la fumée
остановился въ воздухѣ радужно освѣ-
restait en l'air d'une façon irisée en
щеннымъ облакомъ; въ это время величест-
éclairé nuage; dans ce temps le magnifique
венный стонъ органа наполнилъ вдругъ всю
soupir de l'orgue emplit soudain toute
церковь; онъ становился все гуще и
l'église, il devint tout-à-fait plus dense et
гуще, разростался, перешелъ[6] въ тяжелые
plus dense, grandit, passa en lourds
раскаты грома, и потомъ вдругъ, обра-
roulements de tonnerre, et après soudain, se
тившись въ небесную музыку, понесся
tournant en céleste musique, enleva
высоко подъ сводами своими поющими
haut sous les voûtes avec ses chantants
звуками, напоминавшими тонкіе дѣвичьи
sons, rappelant les minces de filles
голоса, и потомъ опять обратился въ густой
voix, et après de nouveau se tourna en un épais

église. Les lointaines profondeurs de l'autel resplendirent subitement, tandis que la fumée des encensoirs, en suspension dans l'atmosphère, formait au milieu de cet embrasement comme un nuage irisé. A ce moment, l'orgue poussa une sorte de long gémissement qui emplit toute l'église; sa voix s'enfla peu à peu, grandit et devint un sourd roulement de tonnerre; puis, changée soudain en une musique céleste, répandit sous les voûtes ses harmonieux accords, semblables à des chœurs de jeunes filles pour revenir bientôt aux grondements de tout à l'heure,

·ревъ и громъ, и затихъ[7]. И долго еще
hurlement et tonnerre, et se tut. Et longtemps encore
громовые раскаты носились дрожа подъ
les de tonnerre roulements coururent vibrant sous
сводами.
es voûtes.

---

tonnant de plus belle et se taisant tout à coup... Et longtemps encore on les entendit courir sous les voûtes en vibrations sonores.

ДНѢПРЪ

LE DNIEPR

Чуденъ Днѣпръ при тихой погодѣ, когда
Merveilleux le Dniepr dans un calme temps, quand
вольно и плавно мчитъ сквозь лѣса и
doucement et tranquillement il roule à travers les bois et
горы полныя воды свои. Ни зашелохнетъ[1],
les monts pleines eaux ses. Ni il ne s'agite,
ни погремитъ; глядишь, и не знаешь, идетъ
ni ne tonne; tu regardes, et tu ne sais pas, va-t-elle
или не идетъ его величавая ширина; и
ou ne va-t-elle pas de lui la grande largeur; et
чудится, будто весь вылитъ онъ изъ стекла.
il semble, serait-il tout fondu lui de verre,
и будто голубая зеркальная дорога, безъ
et serait la bleue de verre route, sans
мѣры въ ширину, безъ конца въ длину,
mesure dans la largeur, sans fin dans la longueur
рѣетъ[2] и вьется[3] по зеленому міру. Любо
coule et se glisse par le vert monde. Agréable
тогда жаркому солнцу оглядѣться съ вышины
alors au chaud soleil de regarder de la hauteur
и погрузить лучи въ холодъ стеклянныхъ
et plonger les rayons dans le froid des cristallines

LE DNIEPR

Qu'il est splendide le Dniepr, quand, par un temps calme, il roule doucement ses eaux légères à travers bois et monts! Sans mouvement, pour ainsi dire, sans bruit, sa nappe immense semble immobile; on dirait une masse de cristal, comme une grande route de verre azurée, incommensurable dans sa largeur comme dans sa longueur, qui glisse et s'insinue à travers la plaine verdoyante. Alors le soleil se plait à caresser le fleuve de ses regards et à plonger ses rayons dans la fraicheur de ses eaux

водъ, и прибрежнымъ лѣсамъ ярко отра
eaux et aux riverains bois vivement se
зиться въ водахъ. Зеленокудрые, они тол-
réfléter dans les eaux. Verts-touffus, ils se
пятся вмѣстѣ съ полевыми цвѣтками къ
pressent ensemble avec les champêtres fleurs vers
водамъ, и наклонившись, глядятъ въ нихъ
les eaux, et s'étant penchés, regardent sur elles
и не наглядятся[4] и не налюбуются свѣтлымъ
et ne cessent de regarder, et ne cessent de se plaire avec radieuse
своимъ зракомъ; и усмѣхаются ему, и при-
sa image; et sourient à lui, et com-
вѣтсвуютъ его, кивая вѣтвями; въ сере-
plimentent lui, inclinant avec les branches; au
дину же Днѣпра они не смѣютъ глянуть:
milieu aussi du Dniepr ils ne osent pas regarder:
Никто, кромѣ солнца и голубаго неба, не
Personne, sauf le soleil et le bleu ciel, ne
глядятъ въ него; рѣдкая птица долетитъ до
regardent sur lui; un rare oiseau vole vers
середины Днѣпра! Пышный! Ему нѣтъ
le milieu du Dniepr! Splendide! A lui pas
равной рѣки въ мірѣ!
un égal fleuve dans le monde!

---

transparentes; les arbres du rivage aiment à se réfléter dans ses ondes. Verts et touffus, ces derniers se mêlent aux fleurs des champs, pour se pencher vers le fleuve, ne pouvant se rassasier de s'y mirer et d'admirer leur brillante image; ils lui sourient, lui font des agaceries et, agitant leurs têtes chevelues, ont l'air de lui faire des signes; mais c'est le milieu du Dniepr qu'il n'osent regarder: le soleil seul et le ciel bleu ont ce privilège; à peine un oiseau parvient-il à voler jusque-là. Quelle merveille! Il n'y a pas de fleuve comparable au monde!

Чуденъ Днѣпръ, и при лѣтней теплой
Merveilleux le Dniepr, et près de l'été une chaude
ночи, когда все засыпаетъ[5]: и человѣкъ, и
nuit, quand tout dort : et l'homme, et
звѣрь, и птица, а Богъ одинъ величаво
la bête féroce, et l'oiseau, et Dieu seul grandiosement
озираетъ небо и землю, и величаво сотря-
regarde le ciel et la terre, et grandiosement secoue
саетъ ризу[6] Отъ ризы сыплются звѣзды
sa robe. De la robe se parsèment les étoiles,
звѣзды горятъ и свѣтятъ надъ міромъ и
les étoiles brûlent et éclairent sur le monde et
всѣ разомъ отдаются въ Днѣпрѣ. Всѣхъ
toutes en une fois se réfléchissent dans le Dniepr. Toutes
ихъ держитъ въ темномъ лонѣ своемъ:
elles il tient dans sombre creux de main son :
ни одна не убѣжитъ отъ него — развѣ
pas une ne se sauvera de lui — à moins qu'elle
погаснетъ на небѣ; черный лѣсъ, унизанный
s'éteigne dans le ciel ; le noir bois, parsemé
спящими воронами, и древле разломанныя
de endormis corbeaux, et de longtemps crevassés
горы, свѣсясь, силятся закрыть его хотя
les monts, se baissant s'efforcent de couvrir lui au moins

Et qu'il est merveilleux encore, le Dniepr par une chaude nuit d'été, quand tout est endormi, les hommes, les bêtes sauvages et les oiseaux, quand Dieu seul promène son regard majestueux sur le ciel et la terre, secouant sa robe étincelante sur le monde. De cette robe tombent les étoiles, qui brillent et éclairent l'univers, et toutes ensemble se réfléchissent dans le Dniepr. Il les tient toutes dans le creux de sa large main; pas une ne saurait lui échapper à moins qu'elle ne s'éteigne dans le ciel. La forêt, toute noire de corbeaux endormis sur ses branches, et les montagnes aux crevasses centenaires, se penchent et s'efforcent de le couvrir, ne serait-ce que

длинною тѣнью своею; напрасно! Нѣтъ
par longue ombre leur; en vain! Pas
ничего въ мірѣ, чтобы могло прикрыть
rien au monde, qui pût couvrir
Днѣпръ! синій, синій ходитъ онъ плавнымъ
le Dniepr! azuré, azuré va il d'un tranquille
разливомъ и середь ночи, какъ середь
courant et au milieu de la nuit, comme au milieu
дня, видѣнъ за столько[8] вдаль за сколько
du jour, visible à autant au loin, à autant
видѣть можетъ человѣчье око. Нѣжась и
voir peut un humain œil. Se dorlotant et
прижимаясь ближе къ берегамъ отъ ночнаго
se pressant plus près vers les rives contre nocturne
холода, даетъ онъ по себѣ серебряную,
froid, donne il le long de soi une argentine
струю, и она вспыхиваетъ[9], будто по-
moire, et elle (la moire) brille serait-ce
лоса дамасской сабли, а онъ, синый, снова
la lame d'un damasquiné sabre, et lui, bleu, de nouveau
заснулъ: чуденъ и тогда Днѣпръ, и нѣтъ
s'endort: merveilleux aussi alors le Dniepr, et pas
рѣки, равной ему въ мірѣ! — Когда же
un fleuve, égal à lui dans le monde! — Quand même

---

de leur ombre énorme... Mais en vain : il n'est rien sur terre qui puisse couvrir le Dniepr! Ses ondes bleues poursuivent tranquillement leur cours, et la nuit comme le jour on peut le voir s'étendre aussi loin que peut porter la vue humaine. Caressant et se blotissant contre la rive comme pour se defendre contre le froid de la nuit, il ressemble à une moire argentée qui brille comme la lame d'un sabre damasquiné, et puis ses ondes azurées de nouveau s'assoupissent. Qu'il est beau alors le Dniepr, et le monde entier n'a pas un fleuve qui puisse lui être comparé!

пойдутъ горами по небу синія тучи, чер-
vont en montagnes par le ciel les bleus nuages,
ный лѣсъ шатается[10] до корня, дубы
le noir bois s'ébranle jusqu'à la racine, les chênes
трещатъ[11], и молнія, разламываясь между
craquent, et la foudre, se déchirant entre
тучъ, разомъ освѣщаетъ цѣлый міръ
les nuages, en même temps illumine tout entier le monde
— страшенъ тогда Днѣпръ! Водяные холмы
— terrible alors le Dniepr! D'eau les collines
гремятъ, ударяясь о горы, и съ трескомъ
résonnent, se heurtent à la montagne et avec craquement
и стономъ отбѣгаютъ назадъ и плачутъ и
et gémissement s'éloignent en arrière et pleurent et
заливаются вдали.
se fondent au loin.

Такъ убивается старая мать козака. про-
Ainsi se désespère la vieille mère du cosaque, con-
вожая своего сына въ войско; разгульный
duisant son fils à l'armée gai
и бодрый ѣдетъ онъ на вороном конѣ,
et brave il va lui sur le moreau cheval,
подбоченившись и молодецки за-
s'étant mis les poings sur les hanches et en gaillard

Et quand les nuages courent dans le ciel, pareils à des montagnes, quand la sombre forêt est ébranlée jusque dans ses racines, quand les chênes font entendre leurs craquements et que la foudre, éclatant tout à coup, éclaire en même temps toute la terre, oh! alors le Dniepr est terrible! Les collines liquides vont se briser avec bruit contre les escarpements, puis s'en éloignent en gémissant pour aller se fondre plus loin comme un fleuve de larmes.

Ainsi se désespère la vieille mère du Cosaque, conduisant son fils au régiment; lui, insouciant et brave, il caracole sur son cheval moreau, les poings sur la hanche,

ломивъ шапку; а она, рыдая, бѣжитъ за
ayant cassé le chapeau; et elle, sanglotant, court après
нимъ, хватаетъ его за стремена, ловитъ за
lui, saisit lui par l'étrier, attrape par
удила и ломаетъ надъ нимъ руки, и зали-
le mors et brise sur lui ses bras, et se
вается горючими слезами.
répand en amères larmes.

---

le chapeau gaillardement défoncé; elle, sanglotant, court après lui, s'accroche à ses étriers, saisit le cheval par le mors, se tord les bras, et sa douleur se fond en larmes amères.

УКРАИНСКАЯ НОЧЬ

UNE OUKRAINIENNE NUIT

Знаете-ли вы украинскую ночь? О, вы
Connaissez- vous l'oukrainienne nuit? Oh, vous
не знаете украинской ночи! Всмотритесь
ne connaissez pas l'oukrainienne nuit! Regardez
въ нее: съ средины неба глядитъ мѣсяцъ;
sur elle: du milieu du ciel regarde la lune;
необъятный[1] небесный сводъ раздался, раз-
l'immense céleste voûte s'est élargie, s'est
двинулся[2] еще необъятнѣе; горитъ и ды-
distendue encore plus immense; brille et
шитъ онъ, земля вся въ серебряномъ
respire elle (сводъ), la terre entière dans l'argentine
свѣтѣ, и чудный воздухъ и прохладно
couleur, et splendide l'air et fraichement
душенъ, и полонъ нѣги, и движетъ океанъ
étouffant, et plein de mollesse, et agite l'océan
благоуханій. Божественная ночь! очаро-
parfumé. Divine nuit! en-
вательная ночь! Неподвижно, вдохновенно
chanteresse nuit! Sans bouger, avec inspiration

UNE NUIT OUKRAINIENNE

Connaissez-vous la nuit Oukrainienne? Non, vraiment, vous ne la connaissez pas! Contemplez-la donc! Du haut du ciel la lune regarde la terre; l'immense voûte céleste a l'air de s'être encore agrandie et paraît encore plus insondable; elle brille, elle vit. La terre est toute entière argentée; l'air délicieusement frais, quoique lourd et plein de langueur, souffle comme sur un Ocean de parfums. Nuit divine! Nuit enchanteresse! Les forêts immobiles et recueillies sont pleines de mystère et étendent

стали лѣса, полные мрака, и кинули
se tenaient les bois, pleins d'obscurité, et tiraient
огромную тѣнь отъ себя. Тихи и покойны
une énorme ombre de soi. Tranquilles et calmes
эти пруды; холодъ и мракъ водъ ихъ
ces étangs; le froid et l'ombre des eaux d'eux
угрюмо заключенъ въ темнозеленыя
d'une façon morne renfermé dans les vert-sombre
стѣны садовъ; дѣвственныя чащи черемухъ
murailles des jardins; les vierges taillis des sringas
и черешенъ пугливо протянули[3] свои корни
et des guigniers timidement ont étendu leurs racines
въ ключевой холодъ и изрѣдка лепечутъ[4]
dans la de source fraicheur et de temps à autre balbutient
листьями, будто сердясь и негодуя, когда
avec les feuilles, serait-ce se fâchant et se mutinant, quand
прекрасный вѣтреникъ, ночной вѣтеръ,
le délicieux zéphyr, le nocturne vent,
подкравшись, мгновенно цѣлуетъ ихъ.
s'approchant, tout-à-coup baise elles.
Весь ландшафтъ спитъ[5]. А вверху все
Tout le paysage dort. Mais en haut tout
дивно, все торжественно! А на душѣ и
étonnant; tout triomphant! Et sur l'âme aussi

---

au loin leur ombre gigantesque. Voyez comme ces étangs sont calmes et tranquilles! Leurs eaux froides et sombres sont enfermées tristement dans les jardins qui forment autour d'elles une muraille d'un vert foncé. Les taillis vierges des Sringas et des guigniers ont poussé timidement leurs racines jusqu'à cette source de fraicheur, et de temps en temps, comme un murmure irrité et mutin sort de ces feuilles, quand le vent de la nuit, zéphyr amoureux, s'approchant à la sourdine, leur donne tout à coup un baiser. Tout le paysage est endormi, mais en haut tout respire, tout excite l'étonnement et l'enthousiasme. L'immensité du tableau a son écho dans l'âme,

необъятно, и чудно и толпы серебряныхъ
sans mesure, et étonnant, et les foules d'argentées
видѣній стройно возникаютъ въ ея
visions harmonieusement se manifestent dans d'elle
глубинѣ. Божестенная ночь! Очаровательная
la profondeur. Divine nuit! Enchanteresse
ночь! И вдругъ все ожило: и лѣса, и
nuit! Et soudain tout s'est ranimé: et les bois, et
пруды, и степи. Сыплется величественный
les étangs et les stèpes, Se répand le magnifique
громъ украинскаго соловья, и чудится, что
bruit de l'oukrainien rossignol,' et il semble que
мѣсяцъ заслушался его по среди неба....
la lune a écouté lui dans le milieu du ciel....
какъ очарованное, дремлетъ[6] на возвышеніи
comme enchanté, sommeille sur la hauteur
село. Еще болѣе, еще лучше блестятъ[7] при
le village. Encore plus, encore mieux brillent par
мѣсяцѣ толпы хатъ; еще ослѣпительнѣе
la lune les foules de cabanes; encore plus éblouissamment
вырѣзываются изъ мрака ихъ низкія стѣны.
se découpent de l'ombre d'elles les basses murailles.
Пѣсни умолкли. Все тихо. Благочестивые
Les chants se sont tus. Tout est calme. Les pieuses

---

où se retracent délicieusement toutes ces visions argentées. Nuit divine! Nuit enchanteresse! Et soudain tout s'anime, bois, étangs et stèpes. La voix retentissante du rossignol oukrainien se fait entendre et il semblerait que la lune elle-même s'est mise à l'écouter du haut du ciel... Comme sous le charme, le village sommeille sur la hauteur. A la clarté de la lune, les cabanes des paysans brillent avec encore plus d'éclat, et découpent dans l'obscurité en taches éblouissantes leurs basses murailles. Plus de chansons. Tout est silencieux. Les gens

люди уже спятъ, гдѣ-гдѣ только свѣтятся
gens déjà dorment, quelque part seulement s'éclairent

узенькія окна. Передъ порогомъ иныхъ
des étroites fenêtres. Devant le seuil de ces

только хатъ запоздалая семья совершаетъ
seulement cabanes une retardataire famille fait

свой поздній ужинъ.
son tardif souper.

---

pieux dorment déjà. A peine çà et là voit-on quelques petites fenêtres éclairées ; sur le seuil une famille attardée prend le repas du soir.

POLÉVOÏ

POLÉVOÏ

Polévoi (Nicolas Alexiévitch) est né à Irkoutsk en 1796 et mourut en 1846. Petit prodige étant jeune, il ne tint pas plus tard ce qu'il promettait. Doué d'une mémoire prodigieuse, passionné pour la lecture, il avait lu plus de mille volumes à l'âge de dix ans et s'en rappelait le contenu dans les moindres détails au point d'en réciter par cœur un grand nombre de passages. Contrarié d'abord dans ses goûts littéraires par l'humeur mercantile de son père, ce ne fut qu'en 1816 qu'il put s'adonner tout entier à ses études favorites.

Véritable créateur du journalisme russe, Polévoi fonda en 1820 *le Télégraphe de Moscou*, puis en 1840, à Pétersbourg, *le Fils de la patrie* et *le Messager russe*. D'une étonnante fécondité, cet écrivain a laissé un nombre considérable d'ouvrages, parmi lesquels surnagent à peine trois ou quatre, comme les *Esquisses de la littérature russe*, une *Histoire du peuple russe*, interrompue par la censure, une excellente *Vie de Souvarof*, une *Vie de Pierre-le-Grand*, une *Vie de Napoléon Ier*.

О ВЛАДИМІРѢ

SUR VLADIMIR

Сынъ Святослава, Владиміръ, не менѣе отца
Le fils de Sviatoslaw, Vladimir, pas moins que père
своего[1] любилъ и войны и битвы. Дружина
son aimait et la guerre et le combat. La troupe
его, погулявши однажды на княжескомъ
de lui s'étant promenée une fois sur le princier
пирѣ, говорила, что стыдно ей ѣсть у
repas, dit, que honteux à elle manger chez
великаго князя деревянными ложками.
le grand prince avec des en bois cuillers.

— Не хочу жалѣть ничего для моей дру-
— Je ne veux regretter rien pour ma
жины, сказалъ[2] Владиміръ, съ нею всегда
troupe, dit Vladimir, avec elle toujours
достану[3] я серебро и золото, а золотомъ
je recevrai moi de l'argent et de l'or, mais avec l'or
и серебромъ не достану дружины! — И
et l'argent je ne recevrai pas de troupe! — Et

VLADIMIR.

Vladimir, le fils de Sviatoslaw, n'aimait pas moins que son père la guerre et les combats. Sa garde d'élite, dînant un jour à la table du prince, dit que c'était grande honte pour elle de manger chez un grand prince avec des cuillers de bois.

— Je n'ai rien à refuser à ma garde, dit Vladimir; car avec elle j'aurai tant que je voudrai de l'or et de l'argent et ni l'or ni l'argent ne sauraient me procurer une telle garde!

велѣлъ выковать для гостей своихъ сере-
il ordonna fondre pour hôtes ses des
бряныя ложки. — Владиміръ отправился
en argent cuillers. — Vladimir se rendit
однажды походомъ на Болгаръ, разбилъ,
une fois en campagne sur les Bulgares, défit,
поплѣнилъ ихъ, забралъ добычу великую и
fit prisonniers eux, prit un butin considérable et
хотѣлъ завладѣть[4] ихъ землею. — Нѣтъ,
voulait s'emparer d'eux de la terre. — Non,
князь Владиміръ, сказалъ ему богатырь
prince Vladimir, dit à lui le héros
Добрыня; смотрѣлъ я плѣнныхъ, и видѣлъ
Dobrynia; j'ai regardé moi les prisonniers, et j'ai vu
что всѣ они въ сапогахъ; пойдемъ лучше
que tous ils dans les bottes; allons mieux
искать лапотниковъ[5]; а съ этимъ на-
chercher ceux à souliers d'écorce; mais avec ce
родомъ не легко справиться[6]! — Владиміръ
peuple pas facile de réussir! — Vladimir
послушалъ совѣта Добрыни и помирился
écouta le conseil de Dobrynia et fit la paix
съ Болгарами.
avec les Bulgares.

Et il fit fondre pour ses invités des cuillers d'argent.

Vladimir partit une fois en guerre contre les Bulgares, les défit, les réduisit en esclavage et même il voulait s'emparer de leur territoire.

— Non, prince Vladimir, dit le guerrier Dobrynia, j'ai examiné les prisonniers et j'ai remarqué qu'ils avaient tous des bottes; allons plutôt vers ceux qui ne portent que des souliers d'écorce; nous aurions trop de peine à venir à bout de ceux-ci.

Vladimir écouta le conseil de Dobrynia et fit la paix avec les Bulgares.

Былъ однажды Владиміръ въ отсутствіи.
Etait une fois Vladimir en absence.
Пришли Печенѣги и облегли Бѣлгородъ
Arrivèrent des Petchéniégues et assiégèrent Bielgorod
близь Кіева. Жители защищались; но у
près de Kiev. Les habitants se défendirent; mais chez
нихъ не было припасовъ, а Печенѣги рѣ-
eux n' était pas de provisions, et les Petchéniégues
шились выморить ихъ голодомъ. Въ такой
résolurent de réduire eux par la faim. Dans une telle
бѣдѣ посовѣтовалъ одинъ старый человѣкъ
misère conseilla un vieux homme
собрать всю остальную муку[7], врыть[8] въ
de prendre tout restant farine d'enfouir dans
землю двѣ кадки, въ одной развести цѣжу[9]
la terre deux cuves, dans une verser l'orge
кисельную, а въ другой сыту медовую.
à gelée et dans l'autre de l'hydromel.
Бѣлгородцы исполнили по его совѣту[10].
Les Bielgorodiens remplirent suivant de lui le conseil.
Потомъ призвали Поченѣговъ, почерпнули
Après ils appelèrent les Petchéniégues, puisèrent
цѣжи, сварили кисель и стали передъ
l'orge, firent bouillir la gelée et se mirent devant

Un jour que Vladimir était absent, les Petchéniégues vinrent mettre le siège devant Bielgorod, près de Kiev. Les habitants se défendirent de leur mieux, mais ils manquaient de provisions et les Petchéniégues avaient résolu de les réduire par la famine. En cette extrémité, un vieillard conseilla de recueillir tout ce qui restait de farine d'orge, d'enfouir deux cuves dans la terre; dans l'une de verser l'orge, et dans l'autre de l'hydromel.

Les Bielgorodiens suivirent ce conseil, puis, ayant appelé des Petchéniégues, ils se mirent à puiser de l'orge, à faire bouillir la gelée et à en manger devant eux tout en

нимн ѣсть, да похваливать. Печенѣги
eux à manger, et à louer. Les Petchéniégues
подумали, что у Бѣлгородцевъ два колодца
pensèrent que chez les Bielgorodiens deux puits
неистощимые цѣжи и сыты, и потому
inépuisables de l'orge et d'hydromel et pour cela
никогда не можетъ быть у нихъ голода и
jamais ne peut être chez eux faim et
недостатка. Они поспѣшили помириться и
manque. Ils s'empressèrent de faire la paix et
удалились отъ Бѣлгорода.
s'éloignèrent de Bielgorod.

Въ другой разъ пришли Печенѣги и Вла-
Dans une autre fois vinrent les Petchéniégues et Vla-
димiръ вышелъ противъ нихъ съ воинствомъ.
dimir sortit contre eux avec l'armée.
— Нѣтъ-ли у васъ молодца помѣрятся съ
— N'est-il pas chez vous un brave pour se mesurer avec
моимъ молодцомъ! Велѣлъ сказать ему князь
mon brave! Ordonna de dire à lui le prince
Печенѣжскій; для чего воиновъ губить
Petchéniégue; pour quoi des guerriers perdre
напрасно? Чей витязь побѣдитъ[11], тому
inutilement? De qui le champion vaincra. à lui

---

faisant de grands éloges. Les Petchéniégues crurent que les Bielgorodiens avaient là deux puits d'orge et de miel inépuisables et que par suite ils ne pouvaient jamais manquer de rien ni être pris par la famine. Sur quoi ils s'empressèrent de faire la paix et s'éloignèrent de Bielgorod.

Une autre fois les Petchéniégues revinrent et Vladimir alla à leur rencontre avec ses guerriers.

— N'avez-vous pas un vaillant soldat pour se mesurer avec le mien, lui fit dire le prince des Petchéniégues. A quoi bon sacrifier nos guerriers inutilement. Les vaincus

народы побѣжденные заплатятъ дань трехъ
les peuples vaincus paieront le tribut de trois
лѣтнюю.
ans.

Владиміръ согласился, но не зналъ гдѣ
Vladimir consentit, mais ne savait où
сыскать[12] удалого сопротивника, потому что
trouver un suffisant adversaire, parce que
печенѣжскій воинъ былъ исполинъ ростомъ
le Petchéniégue guerrier était un géant par la taille
и силы чрезвычайной. Явился къ Влади-
et d'une force extraordinaire. Parut à Vladimir
міру старикъ кожевникъ и сказалъ ему, что
un vieux corroyeur et dit à lui, que
есть у него сынъ, такой силачъ, что
il est chez lui un fils tel fort, que
руками рветъ пополамъ кожи сыро-
avec les mains il déchire en deux parties des peaux en
мятныя. Для испытанія силы молодаго
mégie. Pour l'épreuve de la force du jeune
кожевника, привели дикаго быка, раздра-
corroyeur, on amena un sauvage taureau, on excita
знили его, и онъ бросился[13] на витязя со
lui, et il se jeta sur le champion avec

---

paieront un tribut de trois ans à la nation de celui qui sera vainqueur.

Vladimir accepta, mais il ne savait où trouver un champion capable de se battre avec le Petchéniégue, qui était une sorte de géant d'une force extraordinaire. Un vieux corroyeur vint trouver le prince et lui dit qu'il avait un fils dont la force était telle qu'il déchirait avec ses mains une peau passée en mégie. Pour éprouver la force du jeune homme, on fit amener un taureau sauvage, on l'excita et l'animal se jeta sur son ennemi avec une

своею яростію. Молодецъ посторонился,
sa férocité. Le brave se jeta du côté,
схватилъ быка за бокъ, и вырвалъ рукою
saisit le taureau par le flanc, et arracha avec la main
нѣсколько реберъ, такъ что быкъ упалъ[14]
quelques côtes, ainsi que le taureau tomba
и не пошевелился. — Можешь бороться[15]
et ne bougea pas. — Tu peux te battre
съ Печенѣгомъ, воскликнулъ Владиміръ. —
avec le Petchéniégue, cria Vladimir. —
Вышли два сопротивника, а Печенѣгъ
Sortirent les deux adversaires et Le Petchéniégue
смѣялся, видя малый ростъ русскаго воина.
se mit à rire, voyant la petite taille du russe guerrier.

Битва началась. Русскій витязь не думалъ
Le combat commença. Le russe champion ne pensa pas
долго: Схватилъ врага за горло, ударилъ
longtemps: Il saisit l'ennemi par la gorge, frappa
его о землю, и духъ изъ него вышибъ
lui à la terre, et l'âme de lui fit sortir.

Печенѣги испугались, побѣжали[16], а
Les Petchéniégues s'effrayèrent, s'enfuirent, mais
русскіе погнались[17] за ними, били ихъ и
les russes poursuivirent après eux, battirent eux et
разсѣяли.
dispersèrent.

---

fureur incroyable. Le jeune homme fit un saut de côté, et, saisissant la bête par le flanc, lui arracha d'une main quelques côtes. La bête tomba pour ne plus se relever.

— Tu peux lutter avec le Petchéniégue, s'écria Vladimir.

Les deux champions sortirent et le Petchéniégue se mit à rire en voyant la taille exiguë du soldat russe.

Le combat commença. Le russe ne fit ni une ni deux; il saisit son adversaire à la gorge, lui frappa la tête contre terre et le tua ainsi. Les Petchéniégues effrayés s'enfuirent, mais les russes les poursuivirent, les battirent et les eurent bientôt dispersés.

ДРЕВНІЙ РУССКІЙ ГОРОДЪ

ANCIENNE RUSSE VILLE

Тысячу[1] лѣтъ тому назадъ, на томъ
Mille aus à cela en arrière, sur cette
мѣстѣ, гдѣ впослѣдствіи раздвинулся об-
place, où dans la suite se développa le
ширный Кіевъ и возвысились золотоглавыя
large Kiev et s'élevèrent aux têtes d'or
церкви его, на высокомъ берегу Днѣ-
les temples de lui, sur le haut rivage du
провскомъ стоялъ деревянный городокъ
Dniepr était debout une en bois petite ville
нормандскій[2], — четыре деревянныя стѣны,
normande — quatre en bois murailles,
срубленныя изъ толстыхъ бревенъ, съ не-
taillées de épaisses poutres, avec de
большими башнями по угламъ, и двумя
non grandes tours par les coins, et deux
крѣпкими воротами, съ безсмѣнною стражею
fortes portes avec une permanente garde

UNE ANCIENNE VILLE RUSSE.

Il y a mille ans, à ce même endroit où par la suite s'est élevée la ville de Kiev, où se sont construites ses églises aux coupoles dorées, sur la rive escarpée du Dniepr, se trouvait une petite ville normande aux constructions en bois : quatre murailles faites de grosses poutres, de petites tours à chaque angle, deux portes solides et des sentinelles permanentes à ces portes et sur les murailles,

у воротъ, и на стѣнахъ; частоколъ изъ
aux portes, et sur les murailles; une palissade de
заостренныхъ толстыхъ бревенъ составлялъ
aiguisées épaisses poutres composait
внѣшнее укрѣпленіе городка, простираясь
l'intérieure fortification de la ville, s'étendant
извилинами вдоль стѣнъ, изъ-за которыхъ
en sinuosités en bas des murs, en dedans des quelles
видны были вышки княжескихъ теремовъ,
visibles étaient les toits des princières habitations,
переходы и стѣны, покрытыя гонтомъ или
les passages et couloirs, couverts de bardeaux ou
дранью. Городокъ былъ довольно обширенъ;
de lattes. La ville était assez spacieuse;
въ немъ помѣщались: дворецъ княжескій,
dans elle se plaçaient: le palais princier,
дворцы княжичей, жилища избранной дру-
les palais des petits princes, les logis de la choisie
жины, вельможъ и бояръ, казнохранилище
troupe, des grands et des boyards, le trésor.
оружейныя, конюшни для лошадей князя и
les arsenaux, les écuries pour les chevaux du prince et
дружины его.
de la troupe de lui.

---

une palissade en gros pieux pointus pour la fortification intérieure de la ville, dont les rues formaient au bas des murs une foule de sinuosités. De l'autre côté de cette enceinte, on apercevait les toits des habitations princières, des galeries et des couloirs couverts de bardeaux ou de lattes.

Cette ville était assez vaste; elle comprenait le palais des princes, ceux des enfants des princes, les logis de la garde d'élite, des seigneurs et des boyards, le Trésor, l'Arsenal, les écuries du prince et de sa garde. Une

Незаселенная равнина отдѣляла городокъ
Une inhabitée plaine séparait la ville
отъ хижинъ, разсѣянныхъ далѣе, разбро-
des cabanes, dispersées plus loin, jetées
санныхъ безпорядочными толпами, между
ça et là en désordonnés groupes, entre
коими извивались узкія, неровныя улицы
lesquels serpentaient d'étroites, inégales rues
и переулки. Домы состоялись[2] изъ ма-
et ruelles. Les maisons consistaient de mai-
занокъ, изъ срубовъ съ маленькими
sonnettes de bousillages, de cages avec de petites
волоковыми окнами, изъ землянокъ; домы
à coulisses fenêtres de huttes de terre; maisons
эти были покрыты драныо, соломою, дерномъ:
ces étaient couvertes de lattes, de paille, de gazon:
иные огорожены плетнемъ, большая часть
quelques entourées de joncs tressés, une grande partie
безъ огорожи, только съ закутой[3]. Между
sans clôture, seulement avec un chenil. Entre
ними въ нѣкоторыхъ мѣстахъ находились
elles dans quelques places se trouvaient
высокіе терема богатыхъ гостей или вя-
les hautes habitations des riches hôtes ou im-

---

plaine inhabitée séparait la ville des chaumières, disséminées plus loin, çà et là, sans ordre, et à travers lesquelles serpentaient d'étroites rues inégales et des ruelles. Les maisons étaient faites de bousillages, de torchis ou consistaient simplement en sortes de cages percées de petites fenêtres à coulisse; elle étaient couvertes de latte, de chaume ou de gazon; quelques-unes étaient entourées de joncs entrelacés; la plupart n'avaient pas de clôture, et étaient seulement flanquées d'un chenil. Parmi ces cabanes s'élevaient des demeures plus hautes réservées aux riches étrangers ou aux personnages im-

ищихъ людей; терема построены были въ
portantes gens; les habitations bâties étaient en
два яруса, состояли изъ многихъ не-
deux étages, elles consistaient de nombreux non
большихъ, раздѣленныхъ срубовъ, соеди-
grands, séparés compartiments, reliés
ненныхъ переходами или сѣнями; въ ниж-
par des galeries ou couloirs; dans le
немъ ярусѣ находились кладовыя, и весь
bas étage se trouvaient les celliers, et toute
дворъ обносился[1] вогругъ заплотомъ или
la cour, était ceinte, autour d'un grillage ou
плетнемъ; съ навѣсами вокругъ плетня.
d'une haie tressée; avec des auvents autour de la claie.
На другомъ концѣ этого неправильнаго, без-
Sur l'autre bout de cette incorrecte, sans
порядочнаго, хотя и обширнаго населенія,
ordre, quoique aussi vaste population,
находился чудный дворъ княгини Ольги,
se trouvait le merveilleux palais de la princesse Olga,
составлявшій предметъ удивленія и гордости
constituant l'objet d'étonnement et d'orgueil
для Кіевлянъ, потому что теремъ на дворѣ
pour les Kiéviens parce que l'habitation sur la cour

---

portants; elles avaient deux étages, et consistaient en nombreux, mais petits compartiments, reliés par des galeries ou corridors; au rez-de-chaussée se trouvaient les celliers ou magasins; toute la cour était entourée d'un grillage ou d'une claie avec des auvents partout. A l'autre bout de ces habitations sans symétrie, sans ordre, et occupant néanmoins un grand espace, s'élevait le merveilleux palais de la princesse Olga, l'objet de l'admiration des indigènes, l'orgueil des Kiéviens, *parce qu'il était en pierre*. Au bord du Dniepr, au bas de la falaise,

былъ каменный. Къ Днѣпру, внизъ по горѣ,
était en pierre. Au Dniepr, en bas par le mont,
къ пристани, гдѣ стояло множество лодокъ,
au port, où se tenait un grand nombre de bateaux
разбросаны были кузницы, бани, балаганы...
dispersés étaient les forges, les bains, les baraques...
Со вскрытіемъ Днѣпра, начиналась въ Кіевѣ
Avec débâcle du Dniepr, commençait à Kiev
нескончаемая ярмарка и продолжалась все
une sans fin foire et durait tout
лѣто. Всѣ окрестныя племена и роды сла-
l'été. Toutes les environnantes tribus et races de
вянъ плыли тогда въ Кіеву, одни съ
slaves naviguaient alors vers Kiev, les uns avec
данью великому князю, другіе съ товарами,
l'impôt au grand prince, les autres avec les marchan-
мѣхами, кожами, воскомъ, медомъ. —
dises, des fourrures, des peaux, de la cire, du miel. —
Тысячи народа толпились тогда цѣлые дни
Des milliers de peuple se pressaient alors les entiers jours
по берегу Днѣпровскому. Днѣпръ покрывался
par le rivage du Dniepr. Le Dniepr se couvrait
ладьями, лодками, челноками, плотами. Тутъ
de navires, de bateaux, de barques, de radeaux. Ici

---

vers le port, où se trouvaient une multitude de bateaux, étaient disséminés les forges, les bains, les baraques.... Dès la débacle du fleuve, commençait une foire qui durait tout l'été. Toutes les peuplades des environs, toutes les races slaves se donnaient alors rendez-vous à Kiev, les uns pour payer le tribut au prince, les autres pour trafiquer de leurs fourrures, de leurs peaux, de leur cire, de leur miel.

Alors des milliers de gens se pressaient du matin au soir sur les rives du Dniepr, le fleuve se couvrait de navires, de bateaux, de barques, de trains de bois. Il y

были и Новгородцы[5] съ заморскимъ то-
étaient et des Novgorodiens avec d'au delà de la mer de la
варомъ, и купцы греческіе, и Печенѣги[6]
marchandise, et des marchands grecs, et des Petchéniégues
съ табунами коней и множествомъ неволь-
avec des troupeaux de chevaux et un grand nombre d'esclaves,
никовъ, и хозарскіе[7] купцы съ драгоцѣн-
et des hozariens marchands avec de précieux
ными произведеніями Востока, жемчугомъ, и
produits de l'ouest, de la perle, et
пряностями, шедшими къ нимъ изъ Индіи,
des épices, venant à eux de l'Inde,
Персіи, Бухары. Тутъ, въ пестрой толпѣ
de la Perse, de Boukhara. Ici, dans la bigarée foule
народа, увидѣли-бы вы и одѣтаго, звѣриною
de peuple, auriez vu vous et habillé d'une de bête
кожею Печенѣга, и блестящаго бронею
sauvage peau le Petchéniégue, et brillant par son arme
Варяга[8] княжеской дружины, и добродушнаго
le Varègue de la princière troupe et le bonasse
Полянина, въ его суконной свиткѣ, въ
campagnard, dans de lui de drap la souquenille, dans
высокомъ колпакѣ и лаптяхъ, и хер-
le haut kolpach et les souliers d'écorces et de

---

avait là des Novgorodiens avec leurs marchandises d'outre-mer, des marchands grecs, des Petchéniégues avec leurs troupeaux de chevaux et une multitude de captifs, les Hozariens avec les produits précieux de l'Orient, les perles et les épices qu'ils tiraient de l'Inde, de la Perse et de Boukhara. Là. dans cette foule bigarrée, vous eussiez reconnu lé Petchéniégue à son habit de peau de bête, le Varègue de la garde du prince à l'éclat de ses armes, le naif campagnard à sa souquenille de drap, son haut kolpach et ses souliers d'écorce, le Grec

сонскаго Грека въ его полуазіатской одеждѣ,
chersone le grec dans de lui le semi-asiatique vêtement,
и Хозара, въ чалмѣ и широкомъ кафтанѣ.
et le Hozar, dans le turban et le large caftan.
По берегу тянулись рядами лубяные бала-
Par la rive s'allongeaient en lignes les faites d'écorces ba-
ганы, гдѣ разложенъ былъ всякій товаръ,
raques, où rangée était chaque marchandise,
между тѣмъ какъ въ другихъ завѣшанныхъ
pendant cela que dans les autres couvertes
рогожами, помѣщалось множество хар-
de nattes de tilleul, prenaient place un grand nombre de
чевень, гдѣ пекли варили, жарили, а
gargottes, où on rotissait, faisait bouillir, grillait, et
около нихъ, на открытомъ воздухѣ, толпы
autour d'elles, sur l'ouvert plein air, les foules
народа ѣли кисель[9], блины[10], пироги[11],
de peuple mangeaient la gelée, les blinés, les piroguis,
лепешки; тамъ же въ особой загородкѣ
les beignets; là aussi dans un à part enclos,
видны были связанные невольники печѣ-
visibles étaient les enchaînés captifs des
нѣжскіе; далѣе коновязи, гдѣ тысячи ло-
Petchéniégues; plus loin, les entraves, où mille

---

de Chersone à son costume semi-asiatique, et le Hozarien à son turban et son large caftan. Sur la rive, s'allongeait une file de baraques faites d'écorces, où toute espèce de marchandises étaient étalées tandis que d'autres, recouvertes de *ragogés* ou tapis d'écorces de tilleul, abritaient une quantité de gargottes où l'on cuisait, bouillait, rôtissait, pour la foule qui venait là manger en plein air des gelées, des blinés, des piroguis, des beignets; on voyait aussi, dans un enclos à part, les captifs enchaînés des Petchéniégues, et plus loin, les entraves, où des milliers de chevaux attendaient les acheteurs.

шадей ожидали покупателей. — Вечеромъ.
chevaux attendaient des acheteurs. — Le soir,

когда корыстолюбіе уставало отъ дневной
quand l'intérêt se calmait de du jour

суеты, по берегу и въ лодкахъ на Днѣпрѣ
le souci, par la rive et dans les barques sur le Dniepr

зажигались тысячи огней. Являлись сла-
s'allumaient mille feux. Se montraient les

вянскіе скоморохи съ гудками и гуслями,
slaves saltimbanques avec les rebecs et les tympanons

пѣли, плясали. Печенѣги садились вокругъ
chantaient, dansaient. Les Petchéniégues s'asseyaient autour

котловъ, и у нихъ раздавалось унылое,
des marmites, et chez eux résonnait un triste

однообразное пѣніе, сопровождаемое звуками
monotone chant, accompagné des sons

какой-нибудь кобзы[12]. Кучки народа соби-
de quelconque kobza. Les tas de peuple se

рались подлѣ обжорныхъ балагановъ, гдѣ
rassemblaient auprès des de victuailles baraques, où

продавали крѣпкій медъ и пиво, слушали
on vendait du fort miel et de la bière, on entendait

пѣсни скомороховъ, пили гуляли «спустя
les chants des histrions, on buvait, on se promenait en laissant

---

Le soir, quand les affaires du jour avaient un peu calmé l'avidité mercantile, le rivage et les bateaux s'illuminaient de mille feux. Les saltimbanques slaves venaient avec leur rébec et leur tympanon chanter et danser. Les Petchéniégues s'asseyaient autour de leurs marmites et entonnaient un chant triste et monotone avec accompagnement d'une sorte de Kobza. Un tas de mangeurs se pressaient autour des gargotes, où l'on vendait du miel fermenté et de la bière, où l'on pouvait entendre chanter les histrions, boire et se promener *les bras balants.* La

рукава». Веселье частенько прерывалось
tomber les manches. La gaieté souvent était interrompue
дракой, а драка оканчивалась новой
par une batterie, et la batterie se terminait par une nouvelle
попойкой.... и такъ съ начала весны до
rasade.... et ainsi du commencement du printemps au
глубокой осени, берегъ Днѣпра постоянно
profond automne, la rive du Dniepr sans cesse
представлялъ живую, пеструю, шумную
présentait un vivant, bigarré, bruyant
картину дѣятельности, служилъ приста-
tableau d'activité, servait de
нищемъ и общимъ торгомъ для пришельцовъ
port et général commerce pour les arrivants
съ сѣвера, юга, востока и запада.
du nord, du sud, de l'orient et de l'occident.

---

joie générale était plus d'une fois interrompue par une rixe, laquelle se terminait par de nouvelles rasades... ainsi du commencement du printemps jusqu'au milieu de l'automne, les rives du Dniepr offraient un spectacle mouvementé et multicolore de la plus brillante activité, suivant d'entrepôt et de centre commercial à tous ceux qui venaient du nord, du sud, de l'orient et de l'occident.

POUCHKINE

POUCHKINE

Pouchkine, surnommé le Byron russe, naquit à Pétersbourg en 1799 et mourut en 1837. Il montra très jeune, dès le collège, de remarquables dispositions pour la poésie; il avait à peine dix-huit ans quand il composa un de ses plus beaux poèmes, *Rouslan et Loudmila.* Il subit deux exils, peu rigoureux d'ailleurs; le premier à Kischinief, à cause d'un très petit poème anti-religieux dans le genre de la guerre des Dieux de Parny; le second, dans sa propriété de Pskof, pour une satire contre le général Voronsof, gouverneur de la Bessarabie.

Le Tsar Nicolas le rappela et lui donna un emploi au ministère des affaires étrangères; plus tard Pouchkine fit partie de l'état major du comte Paskiévitch pendant la guerre contre les Turcs, après laquelle il revint s'établir à Moscou, où il habita jusqu'en 1831.

A partir de cette époque, il se fixa à Pétersbourg et renonça presqu'entièrement à la poésie pour devenir historiographe du Tsar avec six mille roubles d'appointements. Enfin, le 7 février 1837, il fut blessé mortellement en duel par un français nommé d'Antès, qui faisait la cour à sa femme.

Les œuvres les plus importantes de Pouchkine sont *Rouslan et Loudmila*, *Eugène Onéguine*, *Poltava*, *Boris Godounof*, une *Histoire de Pierre-le-Grand* inachevée, une *Histoire de la conspiration de Pougatchef*, et un grand nombre de nouvelles, de poèmes et d'essais dramatiques en prose et en vers.

БУРАНЪ

LE CHASSE-NEIGE

Я приближался къ мѣсту моего назна-
Je m'approchais vers la place de ma desti-
ченія. Вокругъ меня простирались печальныя
nation. Autour de moi s'étendaient de tristes
пустыни, пересѣченныя[1] холмами и оврагами.
déserts, coupés par des collnes et des ravins.
Все покрыто было снѣгомъ. Солнце садилось.
Tout couvert était de neige. Le soleil baissait.
Кибитка[2] ѣхала по узкой дорогѣ или,
La kibitka allait par un étroit chemin ou,
точнѣе, по слѣду, проложенному кресть-
plus exactement par la trace, frayée par les
янскими санями. Вдругъ ямщикъ сталъ по-
de paysans traîneaux. Soudain le cocher se mit à
сматривать въ сторону и, наконецъ, снявъ
examiner dans le côté et, enfin, ayant ôté
шляпу, оборотился[3] ко мнѣ и сказалъ: —
le chapeau, se retourna vers moi et dit : —
Баринъ, не прикажешь[4]-ли воротиться? —
Barine, n' ordonnes tu pas aller en arrière? —

UN CHASSE-NEIGE.

J'étais proche du lieu de ma destination, Autour de moi la morne étendue du désert, coupée çà et là de collines et de ravins. Partout de la neige. Le jour baissait. La Kibitka suivait un chemin étroit, ou, plus exactement, la trace laissée par les traineaux des paysans, Tout à coup le cocher, après avoir interrogé l'horizon, ôta son chapeau et, se tournant vers moi, me dit :

— Barine, ne voulez-vous pas tourner bride?

Это зачѣмъ? — Время не надежно: вѣтеръ
Cela pourquoi? — Le temps non sûr: le vent
слегка подымается, вишь, какъ онъ сметаетъ
peu à peu s'élève, vois-tu, comme il balaie
порошу. — Что за бѣда?[5] — А вишь[6], тамъ
la poussière. — Quoi pour la misère? — Et vois-tu, là
что? — Ямщикъ указалъ кнутомъ на востокъ.
quoi? — Le cocher montrait du fouet sur l'ouest.

— Я ничего не вижу, кромѣ бѣлой степи,
— Je rien ne vois, sauf la blanche stèpe,
да яснаго неба. — А вонъ, вонъ, это облачко?
et le clair ciel. — Et voilà, voilà, est-ce un nuage?

Я увидѣлъ въ самомъ дѣлѣ па краю неба
Je vis en même affaire sur le bord du ciel
бѣлое облачко, которое приняль было[7] за
un blanc nuage, que on aurait pris pour
отдаленный холмикъ. Ямщикъ объяснилъ
une éloignée colline. Le cocher expliqua
мнѣ, что облачко предвѣщало[8] буранъ
à moi, que le nuage prédisait un chasse-neige.
Я слышалъ о тамошныхъ мятеляхъ и зналъ,
Je avais entendu sur les de là tourbillons et savais,

— Et pourquoi?

— Le temps n'est pas sûr; le vent se lève; voyez plutôt quelle poussière de neige?

— Quel mal y a-t-il à cela?

— Voyez donc là-bas!

Et il montrait l'orient du bout de son fouet.

— Je ne vois rien que la Stèpe toute blanche et aussi le ciel pur.

— Et là, là... n'est ce pas un nuage?

En effet, j'aperçus à l'extrême limite du ciel comme un petit nuage blanc qu'on aurait pu prendre pour une colline très éloignée. Le cocher nous démontra que ce nuage était l'avant-coureur d'un chasse-neige.

J'avais entendu parler des tourbillons de ces contrées

что цѣлые обозы бывали ими занесены.
que des entiers équipages avaient été par eux entraînés.
Савельичъ, согласно съ мнѣніемъ ямщика,
Savélitch, d'accord avec l'avis du cocher,
совѣтовалъ воротиться. Но вѣтеръ пока-
conseilla de retourner. Mais le vent se
зался мнѣ не силенъ; я понадѣялся до-
montrait à moi pas fort; je espérais at-
браться заблаговременно до слѣдующей
teindre à temps jusqu'à la suivante
станціи и велѣлъ ѣхать скорѣе. — Ямщикъ
station et j'ordonnai partir plus vite. — Le cocher
поскакалъ, но все[9] поглядывалъ на во-
s'élança, mais malgré tout regardait vers
стокъ. Лошади бѣжали дружно. Вѣтеръ
l'orient. Les chevaux couraient en ami. Le vent
между тѣмъ часъ отъ часу становился силь-
pendant cela d'heure en heure devenait plus
нѣе. Облачко обратилось въ бѣлую тучу,
fort. Le nuage se tournait en blanche nuée,
которая тяжело подымалась[10], росла и по-
qui lourdement s'élevait, croissait et peu
степенно облегала небо. Пошелъ мелкій
à peu envahit le ciel. Alla une fine

---

et je savais que des équipages entiers y avaient été emportés par la tourmente. Savélitch, d'accord avec le cocher, conseillait de revenir sur ses pas. Pour moi, le vent ne me paraissait pas bien violent et j'espérais toujours atteindre à temps le prochain relai ; je donnai l'ordre de presser les chevaux.

Le cocher se mit au galop, mais sans quitter l'orient des yeux. Les chevaux trottaient à souhait.

Le vent augmentait cependant d'heure en heure. Le petit nuage était devenu une masse blanche qui lourdement montait, grandissait et envahissait peu à peu le ciel. La neige se mit à tomber, fine d'abord, puis tout à

снѣгъ — и вдругъ повалилъ хлопьями.
neige — et soudain (fondit sur nous) en flocons.
Вѣтеръ завылъ[11], сдѣлалась мятель. Въ
Le vent rugissait, se fit le tourbillon. Dans
одно мгновеніе темное небо смѣшалось съ
un seul moment le sombre ciel se mêla avec
снѣжнымъ моремъ. Все исчезло[12]. — Ну,
une neigeuse mer. Tout disparut. Allons,
баринъ! закричалъ ямщикъ: бѣда! Буранъ!
Barine! s'écria le cocher: misère! Le chasse-neige!
— Я выглянулъ изъ кибитки: все было мракъ
— Je regardai hors de la kibitka: tout était obscurité
и вихорь. Вѣтеръ вылъ съ такой свирѣпой
et tourbillon. Le vent hurlait avec une telle féroce
выразительностью, что казался одушевлен-
expression, que il semblait animé;
нымъ; снѣгъ засыпалъ меня и Савельича;
la neige couvrit moi et Savélitch;
лошади шли шагомъ и скоро стали.
les chevaux allaient au pas et bientôt s'arrêtèrent.

— Что-жъ ты не ѣдешь? спросилъ-я ям-
— Quoi donc, tu ne vas pas? demandai- je le
щика съ нетерпѣніемъ.
cocher avec impatience.

---

coup, sans transition, à gros flocons. Le vent rugissait et soufflait en tourbillons. En un moment le ciel était devenu noir et se confondait avec cet océan de neige! On ne voyait plus rien.

— Ah! Barine, gémit le cocher, malheur! Le voilà, le chasse-neige.

Je me penchai hors de la Kibitka: rien que les ténèbres et la tourmente. Les rugissements de la tempête étaient à ce point distincts qu'ils semblaient venir d'un être vivant. Savélitch et moi fûmes bientôt couverts de neige; les chevaux n'allaient plus qu'au pas et bientôt s'arrêtèrent tout à fait.

— Да что ѣхать? отвѣчалъ онъ, слѣзая[13]
— Oui quoi aller? répondit- il, descendant
съ облучка: не вѣсть[14] и такъ куда заѣ-
du brancard: pas une nouvelle même ainsi jusqu'où avons
хали: дороги нѣтъ и мгла кругомъ.
été: de chemin pas et le brouillard tout autour.

Я сталъ было[15] его бранить. Савельичъ за
J'allais me mettre à le gronder. Savélitch pour
него заступился.
lui prit parti.

— И охота было[16] не слушаться, говорилъ
— Et envie il y avait ne pas écouter, dit-
онъ сердито. Воротился[17]-бы, сударь, на посто-
il colèrement. Se serait retourné, Monsieur, sur le de
ялый дворъ, накушался бы чаю, почивалъ-бы
logis cour, aurait mangé le thé, aurait reposé
себѣ до утра, буря-бъ утихла[18], отпра-
jusqu'au matin, la tempête serait apaisée, serions
вились-бы далѣе. И куда спѣшишь? Добро
partis plus loin. Et où te presses-tu? Serait
бы на свадьбу! Савельичъ былъ правъ. Дѣлать
bon à la noce! Savélitch était vrai. Faire

— Qu'est-ce qu'il y a donc encore, demandai-je avec impatience, que ne vas-tu donc?

— Et où aller, dit-il, en sautant du brancart? Dieu sait où nous nous sommes fourrés! Plus de chemin et le brouillard partout!

J'allais le gronder, quand Savélitch prit son parti.

— Vous aviez bien besoin de ne pas vouloir nous écouter, dit-il en colère. N'eût-il pas mieux valu retourner à l'auberge, Monsieur? y prendre le thé et faire un bon somme jusqu'au matin? Pendant ce temps, la tempête se serait apaisée et nous aurions continué tranquillement notre route! qui vous pressait tant? Encore si c'était pour aller à la noce!

было нечего, снѣгъ такъ и валилъ. Около ки-
était de rien, la neige ainsi aussi s'amassait. Autour de
битки подымался сугробъ. Лошади стояли
la kibitka s'élevait un talus. Les chevaux étaient debout
понуря голову и изрѣдка вздрагивая. — Ям-
baissant la tête et par moments frissonnant. — Le
щикъ ходилъ кругомъ, отъ нечего дѣлать ула-
cocher alla autour, de rien à faire des-
живая упряжь. — Савельичъ ворчалъ; я
serrant les harnais. — Savélitch grognait; je
глядѣлъ во всѣ стороны, надѣясь увидѣть[19],
regardais dans tous les côtés, espérant voir,
хоть[20] признакъ жилья или дороги, но ни-
quoique le signe d'habitation ou de route, mais rien
чего не могъ различить, кромѣ мутнаго
ne pouvais distinguer, sauf le trouble
кружения мятели... Вдругъ увидѣлъ я что-
tournoiement du tourbillon... Soudain je vis moi quelque
то черное. — Эй, ямщикъ, закричалъ я,
chose de noir. — Eh! cocher, criai-je moi,
смотри, что тамъ такое чернѣется? — ямщикъ
regarde, quoi là de tel noircit? — Le cocher
сталъ всматриваться.
se mit à examiner.

Savélitch avait raison; il n'y avait rien à faire. La neige montait en talus autour de la Kibitka. Les chevaux immobiles baissaient la tête et frissonnaient de temps à autre. Le cocher tournait autour et pour passer le temps arrangeait les harnais. Savélitch grognait; moi, je regardais de tous côtés, espérant toujours apercevoir quelque habitation, ne fût-ce que la trace d'un sentier. Mais je ne distinguais rien que la ronde éternelle et brouillassée des tourbillons de neige. Tout à coup j'entrevis quelque chose de noir!...

— Eh! cocher, m'écriai-je, qu'est-ce que ce point noir là-bas?...

— А Богъ знаетъ, Баринъ, сказалъ онъ
— Et Dieu sait, Barine, dit-il,
садясь[21] на свое мѣсто; Возъ не возъ, дерево
s'asseyant sur sa place, Voiture pas voiture, arbre
не дерево, а кажется, что шевелится. Должно
pas arbre, mais parait-il, que se remue. Doit
быть *или* волкъ, *или* человѣкъ. — Я приказалъ
être ou un loup, ou un homme. — Je ordonnai
ѣхать на незнакомый предметъ, который тот-
aller sur l'inconnu objet, qui tout
часъ-же сталъ подвигаться[22] къ намъ на
de suite-même se mit à se mouvoir vers nous à
встрѣчу. Черезъ двѣ минуты поровнялись съ
a rencontre. En deux minutes nous fûmes égalisés avec
человѣкомъ.
un homme.

— Гей! добрый человѣкъ! закричалъ ему
— Eh! bon homme! Cria à lui
ямщикъ: скажи, не знаешь-ли, гдѣ дорога? —
le cocher: dis, ne connais-tu, où la route? —
Дорога-то здѣсь, я стою на твердой полосѣ,
Le chemin ici, je suis debout sur le dur sol,
отвѣчалъ дорожный: да что толку[23]?
répondit le passant: mais quoi à explication?

Le cocher regarda :

— Hélas! Barine, Dieu sait ce que c'est, dit-il en se remettant à sa place; est-ce une voiture, ou un arbre? Tiens! on dirait que çà remue! C'est un loup ou un homme.

Je donnai l'ordre d'aller vers cet objet inconnu, lequel vint incontinent à notre rencontre. Deux minutes plus tard nous nous trouvions nez à nez avec un homme.

— Hé! brave homme! lui dit le cocher; dis-moi, ne sais-tu pas où il y a un chemin.

— Le voilà, dit le voyageur; je suis ici sur la terre ferme; que voulez-vous de moi?

— Послушай, мужичокъ[24], сказалъ я ему:
— Ecoute, paysan, dis- je à lui:
знаешь-ли ты эту сторону? Возмешься-ли ты
connais- tu cette contrée? Te prends — tu
довезти меня до ночлега?
de conduire moi à un gîte?

— Сторона мнѣ знакома, отвѣчалъ доро-
— La contrée à moi connue, répondit le
жный: слава Богу! исхожена и изъѣзжена
passant: plaise à Dieu! parcourue à pied et parcourue en voiture
вдоль и поперегъ. Да вишь какая погода!
en bas et en travers. Mais vois quel temps!
Какъ разъ[25] собьешься[26] съ дороги. Лучше
Tout juste tu te tromperas de chemin. Mieux
здѣсь остановиться, да переждать, авось бу-
ici s'arrêter, et attendre, peut-être l'o-
ранъ утихнетъ[27], да небо прояснится[28]: тогда
rage s'apaisera, et le ciel s'éclaircira: alors
найдемъ дорогу по звѣздамъ. — Его хладно-
nous trouverons le chemin par les étoiles. — De lui le sang
кровіе ободрило меня. Я ужъ рѣшился,
froid encouragea moi. Je déjà résolus,
предавъ себя волѣ Божіей, ночевать по-
livrant moi à la volonté de Dieu, passer la nuit au

— Ecoute, mon garçon, lui dis-je, connais-tu le pays? Te charges-tu de me conduire et de me trouver un gîte?

— Dieu merci! je connais la contrée, dit l'homme, pour l'avoir parcourue à pied, à cheval et en voiture, de droite et de gauche, du haut en bas; mais voyez quel temps il fait! C'est à perdre sa route quand même! Le mieux est d'attendre ici que la tempête soit passée; le ciel s'éclaircira peut-être et nous nous guiderons alors sur les étoiles.

Son sang-froid m'encourageait. Je me décidais déjà à passer la nuit dans la Stèpe à la grâce de Dieu, quand

среди степи, какъ вдругъ дорожный сѣлъ
milieu de la stèpe, que soudain le passant s'assit
проворно на облучокъ, и сказалъ ямщику : —
adroitement sur le brancard, et dit au cocher : —
ну, слава Богу, жило не далеко; свора-
allons, gloire à Dieu, la demeure pas loin; tourne
чивай вправо, да поѣзжай. — А почему ѣхать
à droite, et va. — Et pourquoi aller
мнѣ вправо? Спросилъ ямщикъ съ неудо-
à moi à droite? Demanda le cocher avec mécon-
вольствіемъ! гдѣ ты видишь дорогу? Не бось[29].
tentement! où tu vois le chemin? Pas peur,
лошади чужія, хомутъ не свой, погоняй, не
les chevaux étrangers, le collier pas à soi, pousse, ne
стой[30]. — Ямщикъ казался мнѣ правъ. — Въ
reste pas. — Le cocher semblait à moi véridique. — En
самомъ дѣлѣ, сказалъ я, почему думаешь ты,
même effet, dis- je, pourquoi penses- tu,
что жило не далече? — А потому, что вѣтеръ
que la demeure pas loin? — Et parce que le vent
оттолѣ потянулъ, отвѣчалъ дорожный : и я
de par là attiré, répondit le passant : et je
слышу[31], дымомъ пахнуло[32] знать деревня близко
sens, par la fumée il a senti connaître village près,

---

tout à coup le paysan sauta prestement sur le brancard et dit au cocher :

— Allons, grâce à Dieu, nous sommes près des maisons; tourne à droite, et en avant!

— Et pourquoi tournerai-je à droite, demanda l'autre d'un air mécontent? où vois-tu un chemin? *Aie pas peur, les chevaux ne sont pas à nous, le collier non plus, et fouette cocher!*

Il me semblait avoir raison.

— En effet, dis-je, qui te fait croire que les maisons soient si près?

— Parce que le vent vient de par là et que j'ai senti une odeur de fumée; cela indique un village.

Смѣтливость его и тонкость чутья меня
L'ingéniosité de lui et la finesse de l'odorat moi
изумили; Я велѣлъ ямщику ѣхать. Лошади
étonnèrent; Je ordonnai au cocher d'aller. Les chevaux
тяжело ступали по глубокому снѣгу. Кибитка
lourdement marchèrent par la profonde neige. La kibitka
тихо подвигалась, то въѣзжая на сугробъ,
doucement se remuait, tantôt allant sur le talus,
то обрушаясь въ оврагъ и переваливаясь
tantôt s'enfonçant dans l'ornière et tombant
то на одну, то на другую сторону. — Это
tantôt sur l'un, tantôt sur l'autre côté. — Cela
было похоже на плаваніе судна по бурному
était semblable à la navigation d'un bateau par une tempêteuse
морю. Савельичъ охалъ, по мунутно толкаясь
mer. Savélitch gémissait, à chaque instant se heurtant
о мои бока. Я опустилъ цыновку закутался
à mes côtés, Je lâchai le tapis de paille, je m'enveloppai
въ шубу и задремалъ[33], убаюканный[34] пѣ-
dans la fourrure et je sommeillai, bercé par
ніемъ бури и качкою тихой ѣзды.
e chant de l'orage et le roulis léger de la marche.

Sa perspicacité et la finesse de son odorat m'étonnèrent; j'ordonnai au cocher de partir. Les chevaux se mirent en marche avec peine. La Kibitka allait doucement, tantôt mordant sur les talus de neige, tantôt dévalant dans un ravin, balottant continuellement de droite et de gauche.

On eut dit d'un bateau sur une mer agitée. Savélitch gémissait et se heurtait contre moi à tout instant. J'avais lâché la natte, et, engoncé dans ma fourrure, je sommeillais, bercé par le chant de la tourmente et le léger roulis de la Kibitka.

ВТРѢЧА СЪ ЕКАТЕРИНОЙ II.

RENCONTRE AVEC CATHERINE II.

Марія Ивановна благополучно прибыла[1] въ
Marie Ivanovna heureusement arriva à
Софію, и, узнавъ что дворъ находился въ то
Sophia, et, ayant appris que la cour se trouvait en ce
время въ Царскомъ Селѣ[2], рѣшилась тутъ
temps dans l'impérial village, résolut ici
остановиться. Ей отвели[3] уголокъ за пе-
de rester. A elle on désigna un coin derrière une
регородкой[4]. Жена смотрителя тотчасъ съ
cloison. La femme du surveillant de suite avec
нею разговорилась, объявила, что она пле-
elle causa, apprit, que elle (était)
мянница придворнаго истопника[5], и посвятила
nièce du de la cour poélier, et éclaira
ее во всѣ таинства придворной жизни. Она
elle dans tous les mystères de la de cour vie. Elle
разсказала въ которомъ часу государыня обы-
raconta à quelle heure l'impératrice ordi-
кновенно просыпалась, кушала кофе, прогу-
nairement se réveillait, mangeait le café, se pro-

UNE ENTREVUE AVEC CATHERINE II.

Marie Ivanovna arriva à bon port à Sophia; là elle **apprit que la** cour était en ce moment à Tsarskoie Celo **et résolut** de s'y arrêter. On lui donna un coin derrière un **paravent. La** femme du surveillant se mit à causer de **suite avec elle et lui** apprit qu'elle était la nièce de l'allu**meur de poêles** de la cour; elle lui dévoila tous les **secrets de la vie des cours, lui dit à quelle heure l'Impératrice avait l'habitude de se réveiller, de prendre son**

ливалась; какіе вельможи находились въ то
menait; quels Seigneurs se trouvaient en ce
время при ней, что изволила она вчерашній
temps près d'elle, ce que avait daigné elle le d'hier
день говорить у себя за столомъ; кого при-
jour dire chez soi à la table; qui elle
нимала вечеромъ,—словомъ, разговоръ Анны
avait accueilli le soir, — en un mot, le discours d'Anna
Власьевны стоилъ[6] нѣсколькихъ страницъ
Vlasievna valait quelques pages
историческихъ записокъ и былъ бы драгоцѣ-
d'historiques mémoires et aurait été précieux
ненъ для потомства. Марья Ивановна слушала
pour la postérité. Marie Ivanovna écoutait
ее со вниманіемъ. Онѣ пошли въ садъ. Анна
elle avec attention. Elles allèrent au jardin. Anna
Власьевна разсказала исторію каждой аллеи и
Vlasievna raconta l'histoire de chaque allée et
каждаго мостика, и, нагулявшись[7], онѣ воз-
de chaque petit pont, et, s'étant assez promenées, elles re-
вратились на станцію, очень довольныя другъ
vinrent à la station, très contentes l'une
другомъ
avec l'autre.

---

café, de se promener; quels courtisans se trouvaient à ce moment auprès d'elle, ce qu'elle avait daigné dire la veille à table, qui elle avait reçu le soir, etc. En un mot, les racontars d'Anna Vlasievna valaient quelques pages de mémoires historiques et eussent pu servir de documents précieux pour la postérité.

Marie Ivanovna l'écoutait attentivement. Elles allèrent au jardin où Anna Vlasievna fit l'historique de chaque allée et de la moindre passerelle; quand elles eurent assez de la promenade, elles revinrent à la station, très satisfaites l'une de l'autre.

На другой день, рано утромъ, Марья Ива-
Sur le second jour, tôt le matin, Marie Iva-
новна проснулась и тихонько пошла въ садъ.
novna s'éveilla et doucement alla au jardin.
Утро было прекрасное; солнце освѣщало вер-
Le matin était très beau; le soleil éclairait les
шины липъ, пожелтѣвшихъ уже подъ свѣ-
sommets des tilleuls, jaunissant déjà sous le frais
жимъ дыханіемъ осени. Широкое озеро
souffle de l'automne. Le large lac
сіяло[8] неподвижно.
brillait immobile.

Проснувшіеся[9] лебеди важно выплывали изъ
S'étant réveillés les cygnes gravement nageaient de
подъ кустовъ, осѣняющихъ берегъ. Марья
dessous les arbustes, ombrageant la rive. Marie
Ивановна пошла около прекраснаго луга, гдѣ
Ivanovna alla autour d'un beau pré, où
только что[10] поставленъ былъ памятникъ въ
seulement que élevé était un monument en
честь недавнихъ побѣдъ графа Петра Алексан-
l'honneur des récentes victoires du comte Pierre Alexan-
дровича Румянцова. Вдругъ бѣлая собачка
drovitch Roumiantsof. Soudain un blanc petit chien

Le lendemain, de bon matin, Marie Ivanovna s'habilla et s'en alla tout doucement au jardin. La matinée était délicieuse; le soleil dorait les cimes des tilleuls, déjà jaunissant au souffle rafraichi de l'automne. La surface du lac brillait immobile. Les cygnes à peine éveillés, nageaient gravement sous les buissons qui ombragaient le rivage. Marie Ivanovna contourna une magnifique prairie, où on venait d'élever un monument en l'honneur des récentes victoires du comte Pierre Alexandrovitch Roumiantsof. Tout à coup un petit chien blanc de race

англійской породы залаяла и побѣжала ей на
d'anglaise race aboya et accourut à elle à la
встрѣчу; Марья Ивановна испугалась и оста-
rencontre; Marie Ivanovna s'effraya et
новилась. Въ эту самую минуту раздался
s'arrêta. Dans cette même minute résonna
пріятный женскій голосъ: не бойтесь[11], она не
une agréable de femme voix: n'ayez pas peur, il ne
укуситъ, и Марья Ивановна увидѣла даму,
mord pas, et Marie Ivanovna vit une dame,
сидѣвшую на скамейкѣ противъ памятника.
assise sur un banc en face du monument.
Марья Ивановна сѣла на другомъ концѣ ска-
Marie Ivanovna s'assit sur l'autre bout du
мейки. Дама пристально на нее смотрѣла; Марья
banc. La dame attentivement sur elle regardait; Marie
Ивановна, съ своей стороны, бросивъ нѣсколь-
Ivanovna, de son, côté, ayant jeté quel-
ко косвенныхъ взглядовъ, успѣла разсмот-
ques de côté regards, réussit à examiner
рѣть ее съ ногъ до головы. Она была въ бѣломъ
elle des pieds à la tête. Elle était dans un blanc
утреннемъ платьѣ, въ ночномъ чепцѣ и въ
matinal costume, dans un de nuit bonnet et dans

---

anglaise se mit à aboyer et accourut au devant d'elle; Marie Ivanovna, effrayée, s'arrêta court. Au même instant une voix d'un timbre agréable se fit entendre.

— Ne craignez rien; il ne mord pas.

Et Marie aperçut une dame assise sur un banc en face du monument. Elle s'assit à l'autre bout du banc. La dame la regarda attentivement; Marie, de son côté, en quelques coups d'œil jetés à la dérobée, l'eut bientôt examinée des pieds à la tête. Elle était en robe de matin, en bonnet de nuit et en douchégréika. Elle paraissait

душегрѣйкѣ[12], Ей казалось лѣтъ сорокъ. Лицо
une douchégreïka. A elle paraissait d'années quarante. Le visage
ея, полное и румяное, выражало важность и
d'elle, plein et coloré, exprimait la gravité et
спокойствіе, а голубые глаза и легкая улыбка
le calme, et les bleus yeux et le léger sourire
имѣли прелесть неизъяснимую. Дама первая
avaient une grâce inexprimable. La dame la première
прервала молчаніе. — Вы, вѣрно, не здѣшнія,
rompit le silence. — Vous, sûrement, pas d'ici,
сказала она. — Точно такъ-съ[13]; я вчера только
dit elle. — Tout-à-fait ainsi; je hier seulement
пріѣхала изъ провинціи.
suis arrivée de province.

— Вы пріѣхали съ вашими родными? —
— Vous êtes venue avec vos parents? —
Никакъ нѣтъ-съ; я пріѣхала одна. — Одна!
Pas du tout; je suis venue seule. — Seule!
но вы еще такъ молоды. — У меня нѣтъ ни
mais vous encore si jeune. — Chez moi pas ni
отца, ни матери. — Вы здѣсь, конечно по
de père, ni de mère. — Vous ici, nécessairement pour
какимъ нибудь дѣламъ.
quelconques affaires.

---

avoir environ quarante ans. Son visage plein et coloré exprimait le calme et la gravité, mais ses yeux bleus et le sourire de ses lèvres avaient une grâce indicible. Ce fut elle qui rompit le silence la première :

— Vous n'êtes pas d'ici, sans doute, demanda-t-elle?
— En effet, je ne suis arrivée que d'hier de province.
— Vous êtes venue sans doute avec votre famille?
— Non pas; je suis seule.
— Seule! Et si jeune!
— Je n'ai ni père ni mère.
— Vous êtes ici évidemment pour quelque affaire?

— Точно такъ-съ я пріѣхала подать просьбу
— Tout-à-fait ainsi je suis venue présenter une pétition
государынѣ. — Вы сирота : вѣроятно вы жа-
à l'impératrice. — Vous orpheline : probablement vous vous
луетесь на несправедливость и обиду? —
plaignez sur une injustice et un dommge? —
Никакъ-нѣтъ-съ ; я пріѣхала просить милости,
Pas du tout ; je suis venue demander une grâce,
а не правосудія. — Позвольте спросить, кто
et non un jugement. — Permettez de demander, qui
вы таковы? — Я дочь капитана Миронова. —
vous telle? — Je (suis)fille du capitaine Mironof. —
Капитана Миронова! Того самаго что былъ
Du capitaine Mironof! Ce même qui était
комендантомъ[14] въ одной изъ оренбургскихъ
Commandant dans une des d'Orenbourg
крѣпостей?
forteresses?

— Точно такъ-съ! — Дама, казалось, была
— Tout-à-fait ainsi! — La dame, paraissait-il, était
тронута.
émue.

— Извините меня, сказала она голосомъ еще
— Pardonnez moi, dit- elle d'une voix encore

— En effet; pour présenter une pétition à l'impératrice.

— Vous êtes orpheline; il s'agit sans doute d'une injustice, d'un tort qu'on vous a fait?

— Pas du tout; je suis venue demander grâce, et non justice.

— Permettez; qui êtes-vous donc?

— Je suis la fille du capitaine Mironof.

— Du capitaine Mironof! celui qui commandait un des forts d'Orembourg!

— Parfaitement!

La dame paraissait émue.

— Pardonnez-moi, dit-elle d'une voix encore plus

болѣе *ласковымъ*, *если*[15] я вмѣшиваюсь въ
plus bienveillante si je me mêle dans
ваши *дѣла*; но *я* бываю при дворѣ; изъ-
vos affaires; mais je fréquente à la cour; ex-
ясните мнѣ, въ чемъ состоитъ ваша просьба,
pliquez-moi, en quoi consiste votre demande,
и, можетъ быть, мнѣ удастся[16] вамъ помочь.
et, peut-être, à moi réussira à vous aider.
— Марья Ивановна встала и почтительно ее
— Marie Ivanovna se leva et avec respect elle
благодарила. Все въ неизвѣстной дамѣ не-
remercia. Tout dans l'inconnue dame in-
вольно привлекало сердце и внушало довѣ-
volontairement attirait le cœur et excitait la con-
ренность. Марья Ивановна *вынула*[17] изъ кар-
fiance. Marie Ivanovna tira de la
мана сложенную бумагу и подала ее незнакомой
poche un plié papier et présenta lui à inconnue
своей покровительницѣ, которая стала читать
sa protectrice, qui se mit à lire
ее про себя. — Сначала она читала съ видомъ
lui pour soi. — D'abord elle lut avec un aspect
внимательнымъ и благосклоннымъ; но вдругъ
attentif et bienveillant; mais soudain
лицё ея перемѣнилось, и Марья Ивановна,
e visage d'elle se changea, et Marie Ivanovna,

---

bienveillante, si je me mêle de vos affaires; mais je fréquente la cour; expliquez-moi l'objet de votre demande et peut-être pourrais-je vous être de quelque secours.

Marie Ivanovna se leva et la remercia respectueusement; il est vrai de dire que tout en l'inconnue attirait et inspirait la confiance. Marie Ivanovna tira de sa poche un papier plié qu'elle remit à sa nouvelle protectrice.

Celle-ci se mit à lire attentivement. D'abord elle parcourut la pétition avec un air bienveillant; mais l'expression de ses traits changea tout à coup, et Marie

слѣдовавшая глазами за всѣми ея движеніями,
suivait des yeux à tous d'elle les mouvements,
испугалась строгому выраженію этого лица,
s'effraya de la sévère expression de ce visage,
за минуту столь пріятному и спокойному.
derrière une minute tant agréable et calme.
— Вы просите за Гринева? сказала дама съ
— Vous priez pour Grinief? dit la dame avec
холоднымъ видомъ. Императрица не можетъ
un froid aspect. L'impératrice ne peut pas
его простить. Онъ присталъ къ самозванцу не
lui pardonner. Il s'est attaché vers l'imposteur non
изъ невѣжества и легковѣрія, но какъ без-
par ignorance ou crédulité, mais comme un
нравственный и вредный негодяй.
immoral et nuisible coquin.

— Ахъ! неправда! вскрикнула Марья Ива-
— Ah! pas vrai! s'écria Marie Iva-
новна. — Какъ неправда! возразила дама,
novna. — Comment pas vrai! repartit la dame,
вся вспыхнувъ. — Неправда! ей Богу! не-
toute emportée. — Pas vrai! par Dieu! pas

Ivanovna, qui suivait avec soin tous ses mouvements, fut effrayée de la soudaine sévérité de ce visage, si calme et si amène il n'y avait qu'un instant.

— Vous demandez la grâce de Grinief, dit la dame d'un ton glacial? L'impératrice n'a pas de pardon pour lui, parce qu'il s'est allié au rebelle non par ignorance ou crédulité, mais comme un coquin| nuisible et sans conscience.

— Oh! ce n'est pas vrai, s'écria Marie Ivanovna!

— Comment! ce n'est pas vrai! repartit la dame pâle de colère.

— Ce n'est pas vrai! Au nom de Dieu, ce n'est pas

правда! я знаю все, я все вамъ разскажу. Онъ
vrai! je sais tout, je tout à vous dirai. Il

для одной меня подвергся[18] всему, что по-
pour seule moi s'est soumis à tout, ce qui at-

стигло[19] его. И если онъ не оправдался предъ
teignit lui. Et si il ne s'est pas disculpé devant

судомъ, то развѣ потому только, что не
le tribunal, cela vraiment pour cela seulement, que il ne

хотѣлъ запутать[20] меня. — Тутъ она съ жа-
voulait pas mêler moi. — Là elle avec

ромъ разсказала все, что уже извѣстно моему
feu raconta tout, ce qui déjà est connu à mon

читателю. Дама выслушала ее со вниманіемъ.
lecteur. La dame écouta elle avec attention.

— Гдѣ вы остановились? Спросила она по-
— Où vous êtes-vous arrêtée? Demanda-t-elle après,

томъ, и, услыша, что у Анны Власьевны,
et, entendant, que chez Anna Vlasievna,

промолвила съ улыбкою: — Я знаю. Про-
elle dit avec un sourire: — Je sais. Adieu.

щайте[21], не говорите никому о нашей встрѣчѣ.
Ne parlez à personne de notre rencontre.

Я надѣюсь, что вы долго не будете ждать
Je espère, que vous longtemps n' attendrez pas

---

vrai! Je sais tout, je vous dirai tout! C'est pour moi qu'il a tout supporté, et s'il ne s'est pas justifié devant les juges, ce n'est que parce qu'il n'a pas voulu me mêler à tout cela.

Alors, elle raconta avec feu ce que le lecteur sait déjà.

La dame l'écoutait attentivement.

— Où êtes-vous descendue? demanda-t-elle, et apprenant que c'était chez Anna Vlasievna, elle ajouta en souriant: — Je sais! adieu! ne parlez à personne de notre rencontre. J'espère que vous n'attendrez pas longtemps une réponse à votre lettre.

отвѣта на ваше письмо. — Съ этимъ словомъ
de réponse à votre lettre. — Avec ce mot
она встала и вышла въ крытую аллею, а
elle se leva et sortit dans une couverte allée, et
Марья Ивановна возвратилась къ Аннѣ Вла-
Marie Ivanovna revint chez Anna Vla-
сьевнѣ, исполненная радостной надежды. —
sievna, remplie d'une joyeuse espérance. —
Хозяйка побранила[22] ее за раннюю прогулку,
L'hôtesse gronda elle pour la matinale promenade,
вредную, по ея словамъ, для здоровья мо-
nuisible, d'après d'elle les paroles, pour la santé d'une
лодой дѣвушки. Она принесла самоваръ[23] и
jeune fille. Elle apporta le samovar et
за чашкою чая только было[24] принялась
après la tasse de thé seulement elle se mit
за безконечные разказы о дворѣ, какъ
après des sans fin récits sur la cour, quand
вдругъ придворная карета остановилась у
soudain une de cour voiture s'arrêta au
крыльца[25] и камеръ-лакей вошелъ съ объя-
perron et un valet de pied entra avec l'an-
вленіемъ что государыня изволитъ къ себѣ
nonce que l'impératrice daigne vers soi

Après ces mots, elle se leva et disparut dans une allée couverte. Marie Ivanovna revint chez Anna Vlasievna, pleine de joie et d'espérance.

La ménagère la gronda fort de s'être promenée si matin; cela ne valait rien, disait-elle, pour la santé d'une eune fille. Elle mit le Samovar et, dès le premier verre de thé, elle entamait déjà ses interminables récits sur la cour, quand tout à coup une voiture s'arrêta devant le perron; un valet de pied entra et annonça que l'impératrico daignait appeler près d'elle Mademoiselle Mironef.

приглашать дѣвицу[26] Миронову, Анна Вла-
appeler la demoiselle Mironof. Anna Vla-
сьевна изумилась и расхлопоталась. — Ахъ!
sievna s'étonna et se mit dans l'embarras. — Ah!
Господи! Государыня требуетъ васъ ко двору.
Seigneur! L'impératrice demande vous à la cour.
Какъ же это она про васъ узнала? Да,
Comment donc cela a-t-elle sur vous appris? Mais
какъ же вы, матушка[27], представитесь къ
comment donc vous, petite mère, vous présenterez-vous
императрицѣ? Вы, я чай[28], и ступить по
l'Impératrice? Vous, moi sans doute, et marcher à la
придворному[29] не умѣете.... не проводить-
façon de la cour vous ne savez pas... (ne convient-il pas)
ли[30] мнѣ васъ? Все-таки я васъ хоть въ
conduire à moi vous? Tout de même je vous quoique en
чемъ-нибудь да могу предостеречь. И какъ
quelque chose certes puis mettre en garde. Et comment
же вамъ ѣхать въ дорожномъ платьѣ? не
donc à vous aller en de voyage habit? ne
послать-ли къ повивальной бабкѣ[31] за ея
(faut-il) pas envoyer à la d'accouchement femme pour d'elle
желтымъ роброномъ[32]? — Камеръ-лакей объ-
le aune vêtement? — Le valet dé-

Anna Vlasievna n'en revenait pas et fut à l'instant dans tous ses états.

— Ah! mon Dieu, l'Impératrice vous demande au palais!... Comment donc a-t-elle entendu parler de vous? *Ma petite mère!* Comment allez-vous vous présenter devant elle?... Sans doute, vous ne savez pas marcher comme à la cour?.... Faut-il que je vous accompagne?... Dans tous les cas je pourrai peut-être vous donner quelque avis... Vous ne pouvez aller en habit de voyage... Voulez-vous que j'envoie demander à la sage-femme son vêtement jaune?

явилъ, что государынѣ угодно было, чтобъ
clara, que à l'Impératrice convenable était, que
Марья Ивановна ѣхала одна, и въ томъ, въ
Marie Ivanovna vint seule, et dans cela, dans
чемъ ее застанутъ[33]. Дѣлать было нечего:
quoi elle on trouverait. Faire était rien:
Марья Ивановна сѣла въ карету и поѣхала
Marie Ivanovna s'assit dans la voiture et partit
во дворецъ, сопровождаемая совѣтами и
pour le palais, accompagnée du conseil et
благословеніями Анны Власьевны. — Марья
des bénédictions d'Anna Vlasievna. — Marie
Ивановна предчувствовала рѣшеніе своей
Ivanovna pressentait la décision de son
судьбы; сердце ея сильно билось и замирало.
sort; le cœur d'elle fortement battait et perdait connaissance.
Черезъ нѣсколько минутъ, карета
Après quelques minutes, la voiture
остановилась у дворца. Марья Ивановна съ
s'arrêta au palais. Marie Ivanovna avec
трепетомъ пошла по лѣстницѣ. Двери[34] передъ
tremblement alla par l'escalier. Les portes devant
нею отворялись настежь. Она прошла длин-
elles s'ouvrirent toutes grandes. Elle traversa une

Le valet de pied fit observer que l'Impératrice entendait que Marie Ivanovna vînt seule et vêtue comme on la trouverait. Il n'y avait pas à répliquer : Marie Ivanovna monta en voiture et partit accompagnée des recommandations et bénédictions d'Anna Vlasievna.

Marie Ivanovna pressentait que son sort allait se décider; son cœur battait à se rompre. Au bout de quelques minutes, la voiture s'arrêta devant le palais. Marie Ivanovna monta l'escalier en tremblant. Les portes s'ouvrirent devant elle à deux battants; elle traversa une

ный рядъ пустыхъ великолѣпныхъ комнатъ;
longue file de vides magnifiques chambres:
камеръ-лакей указывалъ дорогу. Наконецъ,
le valet de pied montrait le chemin. Enfin,
подошедъ къ запертымъ дверямъ, онъ объявилъ
étant arrivé à des fermées portes, il annonça
что сейчасъ объ ней доложитъ, и оставилъ ее
que de suite d' elle il annoncera, et laissa elle
одну. — Мысль увидѣть императрицу лицемъ
seule. — La pensée de voir l'impératrice face
къ лицу такъ устрашила ее, что она съ трудомъ
à face ainsi effrayait elle, que elle avec peine
могла держаться на ногахъ. Черезъ минуту
pouvait se tenir sur les ajmbes. Après une minute
двери отворились и она вошла въ уборную[35]
les portes s'ouvrirent et elle entra dans la chambre
государыни. — Императрица сидѣла за[36]
de l'impératrice. — L'impératrice était assise derrière
своимъ туалетомъ.
sa toilette.

Нѣсколько придворныхъ окружали ее и
Quelques courtisans entouraient elle et
почтительно пропустили Марью Ивановну.
avec respect laissèrent passer Marie Ivanovna.

---

longue enfilade de pièces magnifiques et désertes; le valet lui montrait le chemin. Enfin, arrivé devant une porte fermée, il lui dit qu'il allait l'annoncer, et la laissa seule.

L'idée qu'elle allait se trouver face à face avec l'impératrice l'émotionnait à ce point qu'elle se soutenait à peine.

Bientôt la porte s'ouvrit et elle entra dans la chambre de l'impératrice.

Celle-ci était assise à sa toilette. Quelques courtisans l'entouraient qui ouvrirent respectueusement le passage

Государыня къ ней ласково обратилась, и
L'impératrice vers elle aimablement se tourna, et
Марья Ивановна узнала въ ней ту даму, съ
Marie Ivanovna reconnut en elle cette dame, avec
которой такъ откровенно изъяснялась она нѣ-
laquelle si ouvertement s'était expliquée elle
сколько минутъ тому назадъ[37].
quelques minutes de cela en arrière.

Государыня позвала ее и сказала съ
L'impératrice appela elle et dit avec
улыбкою: — я рада, что могла сдержать
un sourire; — je (suis) contente, que j'ai pu tenir
вамъ свое[38] слово и исполнить вашу просьбу.
à vous sa parole et accomplir votre demande.
Дѣло ваше кончено. Я убѣждена въ невин-
Affaire votre finie. Je suis convaincue de l'inno-
ности вашего жениха. Вотъ письмо, которое
cence de votre fiancé. Voilà une lettre, que
сами потрудитесь отвезти къ будущему
seule donnez-vous la peine de porter au futur
свекру. — Марья Ивановна приняла письмо
beau-père. — Marie Ivanovna reçut la lettre
дрожащею рукою и, заплакавъ, упала къ
d'une tremblante main et pleurant, tomba aux

à Marie Ivanovna. L'impératrice se tourna vers elle, et Marie reconnut en elle la dame avec laquelle elle venait de s'expliquer si librement tout-à-l'heure.

L'impératrice la fit approcher et lui dit en souriant:

— Je suis heureuse d'avoir pu vous tenir parole et accueillir votre demande. C'est une affaire réglée. Voici une lettre que vous vous chargerez de remettre à votre futur beau-père.

Marie Ivanovna prit le papier d'une main tremblante et, toute en larmes, elle se jeta aux genoux de l'impératrice

ногамъ императрицы, которая подняла ее и
pieds de l'impératrice, qui releva elle et
поцѣловала. Государыня разговорилась съ
embrassa. L'impératrice causa avec
нею. — Знаю, что вы не богаты, сказала она,
elle. — Je sais, que vous pas riche, dit- elle,
но я въ долгу передъ дочерью капитана
mais je suis en dette envers la fille du capitaine
Миронова. Не безпокойтесь о будущемъ. Я
Mironof. Ne vous inquiétez pas de l'avenir. Je
беру на себя устроить ваше состоянiе. —
prends sur soi d'établir votre fortune. —
Обласкавъ бѣдную сироту, государыня ее
Ayant caressé la pauvre orpheline, l'impératrice elle
отпустила. Марья Ивановна уѣхала въ той-
congédia. Marie Ivanovna partit dans cette
же придворной каретѣ. Анна Власьевна не-
même impériale voiture. Anna Vlasievna im-
терпѣливо ожидавшая ея возвращенiя, осы-
patiemment ayant attendu d'elle le retour, combla
пала ее вопросами, на которые Марья Ива-
elle de questions, sur lesquelles Marie Iva-
новна отвѣчала кое-какъ. Анна Власьевна
novna répondit comme-ci comme-ça. Anna Vlasievna
хотя и была недовольна ея безпамятствомъ,
quoique même était mécontente d'elle du mutisme,

---

qui la relevant l'embrassa. Puis la souveraine se mit à causer avec elle.

— Je sais, dit-elle, que vous n'êtes pas riche, mais j'ai une dette à acquitter envers la fille du capitaine Mironof. Ne vous inquiétez pas de l'avenir. Je prends sur moi d'assurer votre situation.

Après avoir caressé la pauvre orpheline, elle la congédia.

Marie Ivanovna repartit dans le même carrosse. Anna Vlasievna, qui attendait son retour avec impatience, lui

но[39] приписала оное провинціальной застѣп-
mais attribua lui à la provinciale timidité

чивости и извинила великодушно. Въ тотъ
et pardonna de grand cœur. Dans ce

же день Марья Ивановна, не полюбопытст-
même jour Marie Ivanovna, n'ayant pas eu la

вовавъ взглянуть на Петербургъ, обратно
curiosité de regarder sur Pétersbourg, en retour

поѣхала въ деревню.
partit au village.

---

fit questions sur questions auxquelles Marie ne répondait qu'évasivement. L'autre, quoique en moitié satisfaite de son peu de loquacité, mit cela sur le compte de la timidité provinciale et le lui pardonna de grand cœur.

Le jour même, Marie Ivanovna, sans avoir la curiosité de visiter Pétersbourg, reprit le chemin de son village.

KOZLOF

KOZLOF

Kozlof, poète russe, est né en 1774 et mourut en 1838. Il n'avait que vingt-neuf ans, quand une paralysie lui enleva l'usage de ses jambes, et peu après il perdit la vue. A partir de ce moment, il s'adonna avec passion à la culture des lettres et surtout à la poésie. Il connaissait déjà le français et l'italien, il apprit encore l'anglais et devint assez habile pour traduire dans cette langue un poème de Pouchkine. Enthousiaste de Byron, il traduisit une grande partie de ses œuvres.

Ses poésies sont remarquables par l'élévation du style et la délicatesse des pensées, mais elles portent toujours l'empreinte d'une mélancolie profonde, résultat sans doute de ses terribles infirmités.

НАСЪ СЕМЕРО!

DE NOUS SEPT!

На встрѣчу дѣвочка мнѣ шла;
A la rencontre une petite fille à moi allait,
Лѣтъ восемь было ей:
d'années huit était à elle:
Ея головку облегла
D'elle la petite tête entourait
Струя густыхъ кудрей;
Un flot d'épaisses boucles;
И дикъ былъ видъ ея степной,
Et sauvage était l'aspect d'elle de stépe,
И дикъ простой нарядъ;
Et sauvage le simple ajustement;
И радовалъ меня красой
Et réjouissait moi de la jolie
Малютки милой взглядъ.
de la petite agréable la vue.
— Всѣхъ сколько васъ? Ей молвилъ я,
— De tous combien de vous? A elle dis- je,
И братьевъ и сестеръ?
Et de frères et de sœurs?

NOUS SOMMES SEPT.

Je rencontrai un jour une petite fille d'environ huit ans; ses cheveux broussaillaient en boucles épaisses autour de sa petite tête; sa physionomie avait l'aspect sauvage d'une enfant de la Stèpe, et son costume était des plus simples. Sa vue me réjouissait.

— Combien êtes-vous d'enfants, lui dis-je? Combien as-tu de frères ou de sœurs?

— Всего? насъ семь — и на меня
— De tout? de nous sept — et sur moi

Дивясь, бросаетъ взоръ.
S'étonnant, jette le regard.

— А гдѣ-жъ они? — Насъ семь всего,
— Et où donc eux? — De nous sept de tout,

Въ отвѣтъ малютка мнѣ:
En réponse la petite à moi:

Насъ двое жить пошли въ село,
De nous deux vivre sont allés au village,

И два на кораблѣ,
Et deux sur le vaisseau,

И на кладбищѣ братъ съ сестрой
Et au cimetière le frère avec la sœur

Лежатъ изъ семерыхъ:
Sont étendus des sept:

А за кладбищемъ я съ родной,
Et au delà du cimetière et moi avec la mère,

Живемъ мы подлѣ нихъ.
Vivons nous auprès d'eux.

— Какъ? Двое жить въ село пошли,
— Comment? Deux vivre au village sont allés,

Пустились двое плыть,
Se sont livrés deux à naviguer,

А все васъ семь? Дружокъ, скажи,
Et en tout de vous sept? Chérie, dis

— En tout, nous sommes sept, et la petite me regardait d'un œil étonné,

— Et où sont-ils?

— Nous sommes sept en tout, répéta-t-elle; deux sont allés vivre au village; deux sont en mer, et au cimetière il y a encore mon frère et ma sœur. Pour moi je vis avec ma mère derrière le cimetière, auprès d'eux.

— Comment! Deux sont au village, deux sur mer, et

Какъ это можетъ быть?
Comment cela peut-il être?
— Насъ семь, насъ семь, она тотчасъ
— De nous sept, de nous sept, elle de suite
Опять сказала мнѣ:
De nouveau dit à moi :
Здѣсь на кладбищѣ двое насъ,
Ici sur le cimitière deux de nous,
Подъ ивою въ землѣ.
Sous le saule dans la terre.
— Ты бѣгаешь вокругъ нея,
— Tu cours autour de lui,
Ты видно, что жива;
Toi visible, que vivante;
Но васъ лишь пять, дитя мое,
Mais de vous à peine cinq, enfant mon,
Когда подъ ивой два.
Quand sous le saule deux.
— На ихъ гробахъ земля въ цвѣтахъ.
— Sur d'eux les tombeaux la terre en fleurs,
И десяти шаговъ
Et dix pas
Нѣтъ отъ дверей родной моей
Pas des portes de mère ma
До милыхъ намъ гробовъ.
Aux chers à nous tombeaux.

---

vous êtes sept! Dis-moi, ma chérie, comment cela se peut-il?

— Nous sommes sept, sept, me répéta-t-elle vivement; ici au cimetière il y en a deux sous le saule.

— Toi, tu cours autour de l'arbre et l'on voit bien que tu es vivante, mais eux, ils sont sous le saule, et vous n'êtes que cinq seulement.

— La terre est en fleurs sur leurs tombes, et il n'y a as dix pas de la porte de ma mère à ces chers souvenirs;

Я часто здѣсь чулокъ вяжу[1],
Je souvent ici des bas tricote,
Платокъ мой здѣсь рублю[2]
Mouchoir mon ici j'ourle,
И подлѣ ихъ могилъ сижу,
Et près d'eux les tombeaux je m'assieds,
И пѣсни имъ пою.
Et des chansons à eux je chante.
И если позднею порой
Et si en tardif temps
Свѣтло горитъ заря,
Clairement brille le crépuscule,
То, взявъ мой сыръ и хлѣбъ съ собой,
Alors, prenant mon fromage et le pain avec soi,
Здѣсь ужинаю я.
Ici mange je.
Малютка Дженни день и ночь
La petite Jenny jour et nuit
Томилася больна;
Languit malade;
Но Богъ ей не забылъ помочь
Mais Dieu à elle n'a pas oublié de porter secours,
И спряталась она,
Et s'est cachée elle,
Когда-жъ ее мы погребли,
Quand donc elle nous enterrâmes,

---

je viens souvent ici ourler un mouchoir ou tricoter des bas; je m'assieds près d'eux et je leur chante une chanson. Le soir, si le temps est clair, je prends mon pain et mon fromage, et je viens souper ici. La petite Jenny languit longtemps nuit et jour; mais Dieu ne l'a pas oubliée; il est enfin venu à son secours, et elle est partie. Quand on l'eut enterrée et que la terre eut donné

И разцвѣла земля,
Et fleurit la terre,
Къ ней на могилу мы пришли,
A elle sur la tombe nous sommes venus,
Рѣзвиться, Джонъ и я.
Jouer John et moi.
Но только дождалась зимой
Mais seulement attendais l'hiver
Коньковъ я и саней.
Les patins moi et les traineaux,
Ушелъ и Джонъ, братишка мой,
Partit aussi John, petit frère mon,
И легъ онъ рядомъ съ ней.
Et gît il à côté d'elle.
— Такъ сколько-жъ васъ? былъ мой отвѣтъ.
— Ainsi combien donc de vous? fut ma réponse.
На небѣ двое.... вѣрь!
Au ciel deux.... crois!
Васъ только пять. — О, Баринъ, нѣтъ,
De vous seulement cinq. — O, Barine, non,
Сочти[3], насъ семь теперь.
Compte, de nous sept maintenant.
— Да нѣтъ ужъ двухъ, они въ землѣ
— Mais pas déjà deux, ils dans la terre
А души въ небесахъ!
Et les âmes aux cieux!

---

des fleurs, nous vinmes jouer ici, John et moi. Je songeais déjà aux patins et aux traineaux de l'hiver, quand John, mon petit frère, partit aussi, et vint se coucher auprès de sa sœur.

— Alors combien êtes-vous, repris-je? Au ciel, deux.... écoute bien... Vous n'êtes plus que cinq! ..

— Oh! Barine, non pas; comptez bien, nous sommes sept à présent.

— Deux ne sont plus; ils sont dans la terre et leurs âmes sont là-haut.

Но былъ-ли прокъ въ моихъ словахъ?
Mais était-il utilité dans mes paroles?
Все дѣвочка твердила мнѣ:
Quand même la petite fille assurait à moi;
О нѣтъ, насъ семь, насъ семь!
O non, de nous sept, de nous sept!

Mais tout ce que je disais ne servait à rien et la petite répétait toujours:
— Non! non! nous sommes sept, sept, vous dis-je!

KRYLOF

KRYLOF

Krylof est né dans le gouvernement d'Orenbourg en 1768. Venu à Saint-Pétersbourg avec sa mère en 1782 pour y chercher quelques ressources contre la misère, il y fit la connaissance de Kniajnine, auteur dramatique, alors en vogue, et se crut une vocation pour le théâtre. Plusieurs échecs successifs ne le découragèrent pas, et pendant assez longtemps il fit publier et jouer un grand nombre de pièces, dont deux ou trois seulement obtinrent ce que l'on est convenu d'appeler un succès d'estime. En même temps, il collaborait à plusieurs publications.

Le prince Serge Galitzine, gouverneur de Riga, l'employa d'abord dans sa chancellerie et l'emmena ensuite avec lui dans son château de Saratof, où Krylof se consacra à l'éducation des enfants de son bienfaiteur. En 1808, il revint à Saint-Pétersbourg ; il fit insérer dans le *Spectateur de Moscou* une traduction de *la Fille* et du *Chêne et le roseau* de Lafontaine. Cet essai eut un tel succès que Krylof comprit qu'il avait enfin trouvé sa voie. Il s'adonna exclusivement aux fables et aux contes populaires : ces œuvres légères obtinrent de suite une vogue extraordinaire ; une grande quantité de vers de Krylof sont devenus proverbes, et ses fables reflètent avec une grande fidélité d'expression et de caractère, les mœurs, les idées et les préjugés même de la nation russe. C'est là le côté original de son talent, et c'est en ce sens surtout qu'il mérite d'être comparé à notre Lafontaine, dont il a traduit d'ailleurs fort heureusement un certain nombre de fables.

Il mourut d'un coup de sang à Pétersbourg en 1844.

ЛЕБЕДЬ, ЩУКА И РАКЪ

LE CYGNE, LE BROCHET ET L'ECREVISSE

Когда въ товарищахъ согласія нѣтъ,
Quand dans les compagnons d'accord non,
На ладъ ихъ дѣло не пойдетъ,
En union d'eux l'affaire n'ira pas,
И выйдетъ изъ него не дѣло, только мука[1].
Et sortira de lui non une affaire, seulement un tourment.
Однажды лебедь, ракъ да щука,
Une fois le cygne, l'écrevisse et le brochet,
Везти съ поклажей возъ взялись;
A conduire avec le bagage une voiture se mirent;
И вмѣстѣ трое всѣ въ него впряглись[2];
Et ensemble trois tous à elle s'attelèrent :
Изъ кожи лѣзутъ[3] вонъ, а возу все нѣтъ ходу.
De la peau ils sortent hors, et à la voiture quand même pas de marche.
Поклажа-бы для нихъ, казалось, и легка :
Le bagage (serait) pour eux, paraissait-il, et léger :
Да лебедь рвется[4] въ облака,
Mais le cygne s'efforce vers les nuages,
Ракъ пятится[5] назадъ а щука тянетъ[6] въ воду;
L'écrevisse se recule en arrière, le brochet tire vers l'eau;

LE CYGNE, LE BROCHET ET L'ÉCREVISSE

Sans accord rien ne va à souhait, et l'on n'a pour résultat que la peine que l'on s'est donnée.

Une fois, le cygne, le brochet et l'écrevisse s'étaient mis en tête de trainer une voiture de bagages; ils s'attelèrent tous trois; se mirent à tirer à sortir de leur peau la voiture ne bougeait pas de place. Le bagage ne semblait pourtant pas bien lourd. Mais le cygne voulait voler, l'écrevisse marchait à reculons, et le brochet tirait

Кто виноватъ изъ нихъ, кто правъ, судить не
Qui fautif d'eux qui vrai, à juger pas
намъ,
à nous;
Да только возъ и нынѣ тамъ.
Et seulement la voiture encore maintenant là.

КРЕСТЬЯНИНЪ И ЗМѢЯ

LE PAYSAN ET LE SERPENT

Къ крестьянину вползла[7] змѣя,
Vers un paysan rampa un serpent,
И говоритъ: сосѣдъ! начнемъ[8] жить дружно!
Et dit: voisin! commençons à vivre en amis!
Теперь меня тебѣ стеречься[9] ужъ не нужно.
Maintenant de moi à toi se garder déjà pas nécessaire.
Ты видишь, что совсѣмъ другая стала я,
Tu vois, que tout à fait autre suis devenue moi,
И кожу нынѣшней весной перемѣнила.
Et la peau ce printemps, ai changé.
Однакожъ мужика змѣя не убѣдила.
Cependant le paysan le serpent ne convainquit pas.
Мужикъ схватилъ обухъ,
Le paysan saisit une massue

---

vers la rivière A qui la faute? Cela n'est pas notre affaire, mais la voiture est toujours là.

LE PAYSAN ET LE SERPENT.

Un serpent rampa vers un paysan et lui dit:
— Voisin, faisons désormais bon ménage! N'aie plus peur de moi! Vois comme je suis changé; j'ai même une nouvelle peau depuis ce printemps.
Le paysan ne fut pas convaincu et saisissant une massue:

И говоритъ: хоть ты и въ новой кожѣ,
Et dit: quoique toi-même dans la nouvelle peau,
Да сердце у тебя все то-же,
Mais le cœur chez toi tout le même,
И вышибъ у сосѣдки духъ.
Et fit sortir chez la voisine le souffle.
Когда извѣриться въ себѣ ты дашь причину,
Quand de se méfier de toi tu donneras la cause,
Какъ хочешь ты мѣняй личину —
Comme veux tu changes le masque —
Себя подъ нею не спасешь,
Soi sous lui tu ne sauveras pas,
И что съ змѣей, съ тобой случиться можетъ то-жъ.
Et ce qui avec le serpent, avec toi arriver peut aussi.

МЫШЬ И КРЫСА

LA SOURIS ET LE RAT

Сосѣдка, слышала-ль ты добрую молву?
Voisine, as-tu entendu toi une bonne nouvelle?
Вбѣжавши, крысѣ мышь сказала.
Etant accourue, au rat une souris dit.

— Tu as beau avoir fait peau neuve; ton cœur est le même.

Sur quoi il assomma la voisine.

Si vous avez cessé d'inspirer la confiance, quoique vous fassiez et quelque masque que vous preniez, rien ne vous sauvera et il pourra bien vous arriver la même chose qu'au serpent.

LA SOURIS ET LE RAT.

— Voisin, savez-vous la nouvelle, dit la souris au rat en accourant! Il parait que le chat est tombé dans les griffes du lion. Nous allons donc pouvoir respirer!

Вѣдь, кошка, говорятъ, попалась въ когти льву!
Apparemment, le chat, dit-on, est tombé dans la griffe au lion!
Вотъ отдохнуть пора и намъ настала!
Voilà se reposer le temps aussi à nous est arrivé!
— Не радуйся, мой свѣтъ[10],
— Ne te réjouis pas, ma lumière.
Ей крыса говоритъ въ отвѣтъ;
A elle le rat dit en réponse;
И не надѣйся по пустому![11]
Et n'espère pas en vain!
Коль до когтей у нихъ[12] дойдетъ,
Jusqu'à ce que aux griffes chez lui il arrivera,
То вѣрно льву не быть живому.
Alors vraiment au lion ne pas être vivant.
Сильнѣе кошки звѣря нѣтъ.
Plus fort que le chat d'animal pas.
Я сколько разъ видалъ, примѣтьте это сами,
Je combien de fois ai vu, remarquez cela vous-mêmes,
Когда боится трусъ кого,
Quand a peur un poltron de quelqu'un,
То думаетъ, что на того
Alors il pense, que sur lui
Весъ свѣтъ глядитъ его глазами.
Tout le monde regarde avec de lui les yeux.

— Ne te réjouis pas tant, mon amour, répondit le rat; pas de vaines espérances! Avant qu'il n'arrive aux griffes du lion, celui-ci sera déjà mort. Il n'y a pas d'animal plus fort que le chat!

Combien de fois j'ai vu, et vous pouvez vous-même en faire la remarque, des poltrons se figurer que tout le monde regarde des mêmes yeux que lui celui dont il a peur.

МУХА И ПЧЕЛА

LA MOUCHE ET L'ABEILLE

Въ саду, весной, при легкомъ вѣтеркѣ,
Au jardin, au printemps, auprès d'un léger zéphyr,
На тонкомъ стебелькѣ,
Sur une mince tige,
Качалась муха сидя,
Se balançait une mouche étant assise.
И на цвѣткѣ пчелу увидя,
Et sur une fleur une abeille voyant,
Спѣсиво говоритъ : ужъ какъ тебѣ не лѣнь
Vivement dit : déjà comment à toi pas de paresse
Съ утра до вечера трудиться цѣлый день.
Du matin au soir de travailler tout le jour.
На мѣстѣ-бы твоемъ я въ сутки захирѣла.
A place ton je en un jour tomberais malade.
Вотъ напримѣръ, мое
Voilà par exemple ma
Такъ, право, райское житье!
Ainsi, vrai, de paradis vie !

LA MOUCHE ET L'ABEILLE.

Dans un jardin, par une légère brise printanière une mouche se balançait sur une tige flexible, quand elle aperçut une abeille sur une fleur.

— Tu as vraiment du courage, lui dit-elle en bredouillant, de travailler comme cela du matin au soir ; moi, j'en tomberais malade au bout de vingt-quatre heures. Quelle vie de paradis au contraire, que la mienne ! Toute

За мною только лишь и дѣла
Pour moi seulement à peine et d'affaire
Летать по баламъ, по гостямъ,
Voler par les bals, chez les hôtes,
И молвить не хвалясь, мнѣ въ городѣ знакомы
Et de parler ne se vantant pas, à moi en ville connues
Вельможъ и богачей всѣ домы.
Des seigneurs et des richards toutes les maisons.
Когда бъ ты видѣла, какъ я пирую тамъ!
Quand tu aurais-vu, comme moi festoie là!
Гдѣ только свадьба, имянины
Où seulement une noce, une fête de nom
Изъ первыхъ я ужъ вѣрно тутъ,
Des premiers je déjà (suis) vraiment là,
И ѣмъ съ фарфоровыхъ богатыхъ блюдъ,
Et je mange des de porcelaine riches plats,
И пью изъ хрусталей блестящихъ сладки вины,
Et bois de cristaux brillants des doux vins,
И прежде всѣхъ гостей
Et avant tous les convives
Беру, что вздумаю, изъ лакомыхъ сластей.
Je prends, ce que je pense, de friandes sucreries.
— Все это знаю я, отвѣтствуетъ пчела;
— Tout cela je sais, répond l'abeille;

---

mon occupation consiste à voler de bals en bals, de repas en repas, et, soit dit sans me flatter, tout ce qu'il y a de riche et de distingué en fait de maisons dans la ville m'est connu. Ah! si tu voyais quels festins j'y fais! A la moindre noce, à la moindre fête de nom, je suis des premiers arrivés. Je mange dans de riches plats en porcelaine, je bois des vins fins dans de brillants verres de cristal et je goûte à tout ce que je veux de douceurs avant tous les convives.

Но и о томъ дошли мнѣ слухи,
Mais de cela sont venus à moi les bruits,
Что никому ты не мила,
Que à personne tu n'es agréable,
Что на пирахъ лишь морщатся отъ мухи,
Que sur les festins seulement on s'agace de la mouche,
Что даже, часто, гдѣ покажешься ты въ домъ,
Que même, souvent, où tu te montres toi dans une maison,
Тебя гоняютъ со стыдомъ.
Toi on chasse avec honte.
—Вотъ, муха говоритъ, гоняютъ! что-жъ такое?
— Voilà, la mouche dit. on chasse! quoi donc de tel?
Коль выгонятъ въ окно, такъ я влечу[13] въ другое!
Quand on chasse dans une fenêtre, ainsi je me faufile dans une autre!

ПРОХОЖІЕ И СОБАКИ

LES PASSANTS ET LES CHIENS

Шли два пріятеля вечернею порой,
Allaient deux amis par un de soir temps,
И дѣльный разговоръ вели между собой,
Et d'affaires une conversation tenaient entre eux,

— Oui, je sais tout cela, dit l'abeille; mais j'ai entendu dire que tu ne plais à personne et que ta présence agace fort tout le monde; même que, dès que tu te montres quelque part, on te chasse honteusement.

— On me chasse, repartit la mouche! La belle affaire! Si on me chasse par une fenêtre, j'ai bientôt fait de rentrer par une autre!

LES PASSANTS ET LES CHIENS.

Un soir deux amis causaient d'affaires en se promenant. Tout à coup un chien de garde se mit à aboyer après eux de dessous une porte, après lui un autre, puis

Какъ вдругъ изъ подворотни
Quand soudain d'un dessous de porte
Дворняшка тявкнула на нихъ;
Un chien de garde aboya après eux;
За ней другая, тамъ еще двѣ-три, и вмигъ
Après lui un autre, là encore deux-trois, et en un clin d'œil
Со всѣхъ дворовъ собакъ сбѣжалося съ пол-
De toutes les cours de chiens il accourut d'un demi-
сотни[14].
cent
Одинъ было[15] уже прохожій камень взялъ:
Un il était déjà passant une pierre prenait:
—И, полно[16], братецъ[17]! тутъ другой ему сказалъ:
—Et, suffit, frère! ici l'autre à lui dit:
Собакъ ты не уймешь отъ лаю,
Les chiens tu ne empêcheras pas de l'aboiement,
Лишь пуще всю раздразнишь стаю;
Seulement plus fort toute tu exciteras la troupe;
Пойдемъ впередъ, я ихъ натуру лучше знаю.
Allons en avant, je d'eux la nature mieux connais.
И подлинно, прошли шаговъ десятковъ пять
Et en effet, ils allèrent de pas dizaines cinq
Собаки начали по малу затихать,
Les chiens commencèrent peu à peu à se taire,
И стало наконецъ совсѣмъ ихъ не слыхать.
Et il arriva enfin tout à fait eux ne pas entendre.

---

un troisième, et encore d'autres, tant est qu'en un instant il y en avait une cinquantaine à leurs trousses.

L'un d'eux prenait déjà une pierre...

— Tout doux, mon bon ami, dit l'autre; tu n'empêcheras jamais les chiens d'aboyer; tu ne feras qu'exciter encore plus toute la meute; va en avant, moi je suis plus au fait de leur nature.

En effet, au bout de cinquante pas à peine, les chiens s'étaient peu à peu calmés et bientôt on ne les entendit plus du tout.

Завистники, на что ни взглянутъ[18]
Les envieux, sur quoi ils ne regardent,
Подымутъ вѣчно лай;
Elèvent éternellement l'aboiement;
А ты себѣ своей дорогою ступай:
Et toi à soi sa route marche:
Полаютъ, и отстанутъ.
Ils aboieront, et laisseront.

Les envieux aboieront éternellement sur tout ce qu'ils verront; continue ton chemin seulement, ils se tairont bien vite et te laisseront tranquille.

NOTES

NOTES

LA CHUTE DU RHIN

1. Достигать. — (Régulier). — Достигнуть, достичь. — futur : я достигну. — **2.** Находить. — Présent : я нахожу; — passé : я нашелъ. — Найти. — futur : я найду. — (*Méthode Ollendorff*, leçons 26, 33, 54). — **3.** Стоять, стаивать. — (Régulier). — Ici l'accent est très important à cause du verbe стоить qui signifie *coûter*. —V. *Méthode Ollendorff,* leçon 34. — **4**. Трясывать. —(Régulier).—Трясти,.—Présent: я трясу.—Тряхнуть. Futur : я тряхну. — **5**. Переѣзжать. — (Régulier). — Переѣхать. — Futur : я переѣду. — **6**. Отдыхать, — (Régulier). — Отдохнуть. — futur : я отдохну. — **7**. Сиживать.—(Régulier).—Сидѣть. — Présent : я сижу. — Сѣсть. — Futur : я сяду.—(V. *Méthode Ollendorff*, leçon 49).— **8**. Сказывать. — (Régulier). — Сказать, — futur : я скажу. — V. *Méthode Ollendorff*, leçons : 24 et 32). — **9**. LAUFEN. — Le bourg de Laufen dans le Canton de Zurich est bâti autour du Château, sur des rochers d'où le Rhin se précipite d'une hauteur de plus de vingt mètres, sur une largeur de 100 mètres, entre la colline de Bohnenberg, du côté des gorges de Neuhausen, et celle du Kohlfirst au N.-E. du Château.

LA MORT D'OLEG

1. Хотѣть. — Présent : я хочу, мы хотимъ. — (Voir *Méthode Ollendorff*, leçon 20). — **2**. Дерзать. — Futur : я буду дерзать. — Дерзнуть. — Futur : я дерзну.— **3**. Казаться. — Présent : я кажусь. — Impersonnel : il semble, il paraît, кажется. — **4**. — Судить. — Présent : я сужу. — Futur : я буду судить. — **5**. Умирать. — (Régulier)—умереть, comme дерзнуть et tous les verbes du mode parfait (совершенный видъ) n'a pas de présent; futur : я умру. — **6**. Ѣздить. — Présent : я ѣзжу. — **7**. Прошло четыре года. — Littéralement : *il est passé quatre ans.* En pareil cas, le verbe se met toujours à la forme impersonnelle neutre. — (V. *Méthode Ollendorff*), 45e leçon. — **8**. Видѣть. — Présent : я вижу; —

futur : я буду видѣть.—Увидѣть. — **Futur** : я увижу. (V. *Méthode Ollendorff*, leçons 25 et 28). — **9.** Вѣрить. — Présent : вѣрю. — Futur : я буду вѣрить.— Impersonnel мнѣ не вѣрится, je ne puis croire.

COMMENT ON ENTERRE LES MONTAGNARDS

1. Вертѣть. — Présent : верчу, ты вертишь, etc. — Futur : я буду вертѣть. — Вернуть. — Futur : я верну. — **2.** Привозить. — Présent : я привожу. — Привезть, Привезти. — Futur : я привезу. — **3.** Завертывать. — (Régulier) Завернуть. — Futur : я заверну. — **4.** Выносить. — Présent : я выношу, ты выносишь, etc. Вынести. — Futur : я вынесу. — **5.** Приходить. — Présent : я прихожу. — Прійти. — Futur : я прійду. — **6.** Поднимать, (régulier). — Поднять. — Futur : я подниму. — **7.** Шевелить, шевелиться. — Présent : я шевелю-сь. — Шевельнуть. — Futur : я шевельну. — **8.** Читать. — (Régulier). — Прочесть. — Futur : я прочту. — **9.** Вырывать. — (Régulier). — Вырыть. — Futur : я вырою. — **10.** Брать. — Présent : я беру. — Futur : я буду брать. — Взять. — Futur : я возьму. — **11.** Перегибать. — (Régulier). — Перегнуть. — Futur : я перегну. — **12.** Зарывать, (régulier). — Зарыть. — Futur : я зарою. — **13.** Идти. — Présent : я иду. — Passé : я шелъ. — Пойти. — Futur : я пойду. — Passé : я пошелъ. — (V. *Méthode Ollendorff*, leçon 21, 31, 38). — **14.** Задирать. — (Régulier). — Задрать. — Futur : я задеру. — **15.** Ѣсть. — Présent : я ѣмъ, ты ѣшь, — ѣдать, (régulier). — (V. *Méthode Ollendorff*, leçon 25). — **16.** — Буза, espèce de bière.

COMBIEN FAUT-IL DE TERRE A UN HOMME

1. Voir *Méthode Ollendorff*, 42e leçon. — **2.** Bachkirs, peuplades d'origine mongole qui habitent les gouvernements d'Orenbourg et de Perm entre les rivières Kama, Volga et Oural. — **3.** Обходить. — Présent : я обхожу. — Обойти. — Futur : я обойду. — Passé : я обошелъ. — **4.** Cela aussi *de lui*, c'est-à-dire *à lui* ; le génitif exprime la possession. — V. *Ollendorff*, 66e leçon. — **5.** Пріобрѣтать, (régulier). — Пріобрѣсть.

— Futur : я пріобрѣту. — **6.** Le Starchina est dans un village le plus âgé ou le mieux considéré des paysans que l'on choisit pour être une sorte de maire de village. — **7.** Шишка. — Ce mot peut être pris dans diverses acceptions. Il signifie proprement une bosse, une tumeur, le nœud dans le bois et aussi une pomme de pin. Je crois qu'il est pris ici au figuré et signifie une éminence, un petit monticule. — **8.** Кладывать — (régulier). — Класть. — Présent : я кладу. — Futur : я буду класть. — **9.** Туда, сюда. — Là, ici. — Voir *Ollendorff*, leçon 23. — **10.** Поддевка. — Vêtement sans manches, qui se boutonne sur le devant en biais ; il est fait de drap l'hiver, de grosse toile l'été ; il n'est guère porté, que pas les paysans aisés. — **11.** Разминать — (régulier). — Размять. — Futur : я разомну. — **12.** Ждать. — Présent : я жду. — Futur : я буду ждать. — Подождать. — Futur : я подожду. — V. *Méthode Ollendorff*, leçon 34. — **13.** Въѣхать. — V. *la chûte du Rhin*, note 5. — **14.** Шиханъ. Mot Bachkir qui signifie *monticule* et répond à peu près au mot russe шишка ou бугорокъ. — **15.** Брызгать. — Présent : я брызжу. — Брызнуть. — Futur : я брызну. — **16.** Велѣть. — Présent : я велю. — Оглядывать (régulier). — **17.** Оглядѣть. — Futur : я огляжу. — Оглянуть, оглянуться. — Futur : я огляну, я оглянусь. — **18.** Верстъ пять. — Пять верстъ signifie cinq verstes, et Верстъ пять signifie *environ* cinq verstes. — **19.** Дай только разуюсь. — Expression russe qui indique la précipitation ; mot à mot, donne-moi plutôt et tu verras comme je vais me déchausser. — **20.** Voir *Méthode Ollendorff*, leçon 68. — **21.** Загибать — (régulier). — Загнуть. — Futur : я загну. — **22.** Хочется. — Employé impersonnellement signifie *avoir envie de....* littéralement *il veut à moi de...* Мнѣ хочется кушать, j'ai faim.— V. *Ollendorff*, leçon 59. — **23.** Лежать.— Présent : я лежу. — Futur : я буду лежать. — Лечь. — Futur : я лягу. — **24.** Засыпать — (régulier). — Заснуть. — Futur : я засну. — Заспаться. — Dormir longtemps. — **25.** Терпѣть. — Présent : я терплю.— Futur : я буду терпѣть. — **26.** Proverbe russe. — Жить. — Présent : я живу. — Futur : я буду жить. — **27.** Урожать — (régulier). — Уродить. — Futur : я урожу. — **28.** Voir *Méthode Ollendorff*, leçon 51.— **29.** Стать signifie *se mettre à*. Pris unipersonnellement il a le sens de *devenir*. — *Il lui est devenu* *lourd*. — Avec une négation il veut dire *manquer*. — Не стало, *il n'y en a pas en assez*. — Его не стало, *il est mort*. — **30**. Voir *Méthode Ollendorff*, leçon 51. — **31**. Встряхивать — (régulier). — Вcртяхнуть. — Futur : я встряхну. — **32**. Пересыхать — (régulier). — Пересохнуть. — Futur : я пересохну. — **33**. Ихняго, adjectif formé du génitif pluriel ихъ et de la terminaison ній. — **34**. Поднимать — (régulier). — Поднять. — Futur : я подниму. — **35**. Глядь cette expression est explétive; elle signifie *voyez-vous! Tenez!* — **36**. Течь. — Présent : я теку. — Futur : я буду течь.

UNE ÉGLISE CATHOLIQUE

1. Впускать. — (régulier). — Впустить. — Futur : я впущу. — **2**. Клирошанинъ, de Клиросъ, chœur, enfant de chœur. — **3**. Нѣсколько женщинъ. — On emploie ainsi en russe l'adverbe de quantité нѣсколько avec le génitif au lieu de l'adjectif indéfini français *quelques*. — Voir *Méthode Ollendorff*, leçon 16. — **4**. Опираться. — (régulier). — Опереться. — Futur : я обопрусь. — **5**. Озаряться — (régulier). — Озарить. — Futur : я озарю. — **6**. Переходить. — Présent : я перехожу. — Futur : я буду переходить. — Перейти. — Futur : я перейду. — Voir *Méthode Ollendorff*, leçon 21. — **7**. Затихать. — (régulier). — Затихнуть. — Futur : я затихну.

LE DNIEPR

1. Зашелыхать. — Pas de présent. — Futur : я зашелыхаю. — Зашелохнуть. — Futur : я зашелохну. — V. *Méthode Ollendorff*, leçon 55. — **2**. Рѣять. — Présent : я рѣю. — Ринуть. — Futur : я рину. — **3**. Виться. — Présent : я вьюсь. — Ты вьешься. — Itératif : Вивать. — V. *Méthode Ollendorff*, leçon 66. — **4**. Les prépositions inséparables modifient le sens du verbe auquel elles sont jointes. Ici la préposition donne aux verbes глядяться et любоваться le sens de *ne pas pouvoir se rassasier de*... — **5**. Voir : combien faut-il de terre... note 24. — **6**. Риза. — Ce mot signifie *chasuble* et aussi la garniture métallique d'une *Ikone*. — **7**. Voy. remarque 6. — **8**. Voy. *Méthode Ollendorff*, leçon 68. — **9**. Вспыхивать. — (régulier). — Вспыхнуть. — Futur : я вспыхну. — **10**. Шатать. —

(régulier). — Шатнуть. — Futur : я шатну. — 11. Трещать. — Présent : я трещу. — Futur : я буду трещать. — Треснуть. — Futur : я тресну.

UNE NUIT OUKRAINIENNE

1. Необъятный, proprement que l'on ne peut pas *embrasser*, de verbe объять. présent : объемлю, futur : я обьиму. — 2. Двигать. — (régulier). — Двинуть, — Futur : я двину. — Itératif : Двигивать. — 3. Протягивать — (régulier). — Протянуть. — Futur : я протяну. — 4. Лепетать. — Présent : я лепечу. — Лепетнуть. — Futur : я лепетну. — 5. Спать. — Présent : я сплю. — 6. Дремать. — Présent : я дремлю. — мнѣ дремлется. — J'ai sommeil. — 7. Блестѣть. — Présent : я блещу. — Futur : я буду блестѣть. — Блистать. — (régulier). — Блеснуть. Futur : я блесну.

SUR VLADIMIR

1. Voir *Méthode Ollendorff*, leçon 37. — 2. Сказать. — Futur : я скажу. — Itératif : сказывать. — Présent : я сказываю. — Le présent se rend par le verbe говорить — я говорю. — Voir la *Méthode Ollendorff*, leçons 24 et 32. — 3. Достать. — Futur : я достану. — Itératif : Доставать. — Présent : я достаю. — 4. Владѣть et ses composés demandent le complément à l'instrumental. — (régulier). — 5. Лапотники. On désigne ainsi les paysans qui portent des souliers d'écorce; Les Tatars surtout employent encore aujourd'hui ce genre de chaussure. — 6. Справлять — (régulier). — Справить — Futur : я справлю. — 7. Le mot **Мука** change de sens suivant la place de l'accent. **Мука** signifie la farine et Мука, le tourment. — 8. Врывать. — (régulier). — Врыть. — Futur : я врою. — 9. Развести цѣжу кисельную; littéralement dissoudre une pâte ou un empois pour gelée, c. a. d. préparer une sorte de bouillie qui sert à faire la soupe épaisse et aigre à l'avoine. — 10. Сыта, hydromel non fermenté. — 11. Побѣждать. — (régulier). — Побѣдить. — Futur : я побѣжу, ты побѣдишь. — 12. Сыскать. — Pas de présent. — Futur : я сыщу. — Itératif : сыскивать — (régulier). — V. *Méthode Ollendorff*, leçons 19, 26 et 83. — 13. — Бросать. — (régulier). — Бросить. — Futur : я брошу. — 14. Упадать. — (régulier).

— упасть. — Futur : я упаду. — **15**. Бороться. — Présent : я борюсь. — **16**. Бѣгать. — (régulier). — V. *Méthode Ollendorff*, leçon 44. — **17**. Погонять.— (régulier). — Погнать. — Futur : я погоню.

UNE VIEILLE VILLE RUSSE

1. V. *Méthode Ollendorff*, leçon 45.— **2.** Les Northmen ou hommes du Nord venaient de la Suède ou de la Norvège et s'établirent à Novgorod, où leur chef, Rurique, fonda l'empire russe. — **3.** C'est une sorte de petit hangar près de la maison servant d'étable ou de débarras. — **4.** Обносить. — Présent : я обношу. — Обнести. — Futur : я обнесу. — **5.** Новгородцы. — Il s'agit ici de Novgorod la Grande, qu'il ne faut pas confondre avec Nijni-Novgorod.—**6.** Petchéniégues.— Peuple d'origine turque, établi longtemps dans le sud de la Russie et de la Moldavie. — **7.** Хозары. — Hozar, dans le legouvernement de Tchernigof, n'est plus qu'un village; c'était une grande ville avant l'invasion des Tatars. — **8.** Варяга. — Les Varégues étaient un peuple de la Norvège appelé par les habitants de Novgorod au IXe siècle, pour les défendre contre les Finnois. Ce sont eux qu'on a appelés plus haut les Northmen. Leur nom vient de *Warg* qui signifie *expatrié*. — **9**. Кисель. — gelée faite de baies d'airelles et de fécule. — **10**. Блины.—Espèce de galette faite de farine et de beurre ; elle se mange avec du caviar et du beurre fondu et il s'en fait encore une grande consommation des Trois Rois au mardi-gras. — **11**. Пироги. — Sorte de petits gâteaux contenant du hachis, des choux ou du fromage. — **12**. Кобза.—Espèce de guitare à douze cordes usitée dans la petite Russie par des chanteurs aveugles appelés Кобзары. Il ne reste actuellement qu'un de ces rhapsodes, nommé Ostap Vérézaï.

LE CHASSE-NEIGE

1. Сѣчь. — Présent : я сѣку. — **2. Кибитка.** — Voiture à quatre roues. — **3**. Оборачивать.—(régulier). — Оборотить. — Futur : я оборочу. — **4. Приказывать**. — (régulier). — Приказать. — Futur : я прикажу.— Voir *Méthode Ollendorff*, leçons 23 et 39. —

5. Что за бѣда?—Littéralement : quoi, pour une misère? Cette expression est à peu près la même que le germanisme : Was für einen Tisch haben sie? Quelle espèce de table avez-vous? — **6**. Вишь.— expression familière qui revient à peu près au mot français : Tiens ! — **7**. Принялъ было. — Expression fort employée surtout dans les récits populaires; c'est l'adjonction du verbe impersonnel neutre было, бывало à un temps passé. Cela revient à было что онъ принялъ, *il arrivait qu'il prenait*, etc. — **8**. Предвѣщать.— (régulier). — Предвѣстить. — Futur : я предвѣщу. — **9**. Все, tout de même. — Все таки, néanmoins, quand même. — Voir *Méthode Ollendorff*, leçon 68. — **10**. Voir *Comment on enterre les montagnards*, remarque 6. — **11**. Выть. — Présent : я вою. — Взвыть. — Futur : я взвою. — Itératif Взвывать. — **12**. Исчезло pour изчезло. — Изчезать. — (régulier). — Изчезнуть. — Futur : я изчезну. — **13**. Слѣзать. — (régulier). — Слѣзть. — Futur : я слѣзу. — **14**. Не вѣсть и такъ куда заѣхали. — Pas de nouvelle, même jusqu'où nous avons été? — Dieu sait où nous sommes. — **15**. Я сталъ было.... Voir remarque 7. — **16**. И охота было.... Et il y avait envie, idiotisme similaire à l'expression précédente, я сталъ было... — **17**. Воротился бы, сударь — il se serait retourné, Monsieur... c. a. d. Vous seriez revenu sur vos pas, Monsieur... — **18**. Утихать. — (régulier). — Утихнуть. — Futur : я утихну. — **19**. Увидѣть. — Voir *la mort d'Oleg*, remarque 8. A. — V. *Méthode Ollendorff*, leçon 21. — **20**. Хоть что нибудь. — Quoique quelque chose... ne serait-ce que... — **21**. Садиться. — Présent : я сажусь. — Сѣсть. — Futur : я сяду. — V. *la chûte du Rhin*, remarque 7. A. *Méthode Ollendorff*, leçon 49. — **22**. V. *Une nuit Oukrainienne*, remarque 1. — **23**. Толковать signifie proprement *traduire*, de là les expressions russes : что за толкъ? Qu'est-ce que cela veut dire? Что толку? Qu'y a-t'il? Понимать толкъ въ чемъ нибудь, s'y connaître. — V. *Méthode Ollendorff*, leçon 56.— **24**. Мужичокъ, diminutif de Мужикъ, signifie *petit paysan* ou s'emploie comme terme d'affection. — **25**. Какъ разъ. — Littéralement *comme en une fois*, *toute de suite*. — **26**. Сбиваться. — (régulier). — Сбиться. — Futur : я собьюсь ou (я сбьюсь). — **27**. Утихнешь. — Voir plus haut, remarque 18. — **28**. Прояснятся. — (régulier). — Прояснить. — Futur : я проясню. — **29**.

Небось, exclamation populaire pour небойся, n'aie pas peur ! — **30.** Proverbe russe. — **31.** Я слышу ; ce verbe, qui proprement signifie entendre, s'emploie fréquemment dans les sens de *sentir*, *percevoir*, *par l'odorat*. — V. *Méthcde Ollendorff*, leçon 34. — **32.** Пахнуло дымомъ. — Il a senti (impersonnel) avec de la fumée. — **33.** Задремать. — pas de présent. — Futur : я задремлю. — **34.** Убаюканный. — Ce participe est formé de l'exprcssien Бай — Бай, ou Баюшка—Баю avec laquelle on endort les enfants et qui répond à notre *dodo*.

RENCONTRE AVEC CATHERINE II

1. Прибывать. — (régulier). — Прибыть. — Futur : я прибуду. — **2.** Царское Село. — Le village impérial; c'est Catherine qui fit élever ce palais et, dit la Chronique, en fit une telle merveille qu'un courtisan à qui l'Impératrice demandait s'il y manquait quelque chose, répondit : oui, un écrin pour le mettre. — **3.** Отвели уголокъ. — On lui assigna un Coin. — Отводить. — Présent : я отвожу. — Отвести. — Futur : я отведу.— **4.** Перегородка. — Il est encore d'usage en Russie de faire des sortes d'alcôve avec des paravents ou des armoires ; ces coins se louent même comme une chambre meublée. — **5.** Истопникъ. — Celui qui est chargé d'allumer les poêles du palais et aussi de les entretenir. — **6.** Le mot стоитъ change de signification suivant la place de l'accent, comme nous l'avons déjà vu pour М*у*ка et Мука. Сто*и*ть signifie *coûter* et Сто*и*тъ veut dire *se tenir debout* et vient de стоять. — **7.** Нагулявшись. — Voir *Le Dniepr*, remarque 4. — **8.** Сіять. — (régulier). — **9.** Проснуться. — Pas de présent. — Futur : я проснусь. — Просыпаться — (régulier). — **10.** Только, что.... V. *Méthode Ollendorff*, leçon 54. — **11.** Бояться. — Présent : я боюсь. — **12.** Душегрѣйка. — Proprement ce mot signifierait *qui rechauffe l'âme*. C'est tout simplement une sorte de camisole sans manche dont le bas est plissé. — **13.** Такъ-съ. — Il est fort en usage en Russie, surtout parmi les employés lorsqu'ils parlent à un supérieur, d'ajouter au bout de certains mots la syllabe explétive съ. D'où vient cette coutume ? C'est en vain que je l'ai demandé à des professeurs de russe ; aucun deux ne m'a paru fixé à cet égard. Il suffit de savoir que cette syllabe съ, qu'elle vienne ou non de ся, n'ajoute absolument rien au sens du mot. — **14**. Былъ комендантомъ. — Voir *Méthode Ollendorf*, leçons 51 et 57. — **15**. Après извините au lieu la préposition *de* ou de la conjontion *que* on emploie en russe если. — **16**. Удаваться. — Présent : я удаюсь. — Futur régulier. — Удаться. — Futur : я удамся. — Impersonnel neutre : мнѣ удавалось, мнѣ удается, cela m'a réussi, cela me réussira. Voir *Méthode Ollendorf*, leçon 42. — **17**. Вынимать. — (régulier). — Вынуть. — Futur : я выну. — **18**. Подвергаться.—(régulier).—Подвергнуться. — Futur : я подвергнусь.— **19**. Постигать, (régulier) постичь. — Futur : я постигну. — **20**. Запутывать.— (régulier).— Запутать. — Futur : я запутаю. — **21**. Прощайте. — Littéralement *prenez congé* ; c'est la formule habituelle qui répond à notre *adieu*, comme здрадствуйте, (portez-vous bien) répond à notre *bonjour*. — **22**. Побранивать. — (régulier). — Побранить. Futur : я побраню. — **23**. Самоваръ. — Bouilloire russe pour le thé. — **24**. V. *le Chasse-neige*, remarque 15. — **25**. Il ne faudrait pas prendre le mot Крыльцо dans le sens strict de *perron* comme nous l'entendons en français. Un perron suppose toujours quelques marches et le Крыльцо n'est souvent dans les auberges et les relais qu'une sorte d'avant-porte formée de deux colonnes surmontées d'un auvent avec un banc de chaque côté, le tout de plain-pied. — **26**. Дѣвица. — Ce mot veut dire *jeune fille* et s'applique aux personnes d'une classe intermédiaire, au-dessous du maître et au-dessus des serviteurs ; c'est pour cela qu'on le traduit ordinairement par *mademoiselle*. — **27**. Матушка, Батюшка ! Ma petite mère, mon petit père ! exclamation très fréquente en Russie, surtout dans la basse classe. — **29**. По придворному. — A la manière des gens de la Cour. — По старему, à l'ancienne mode. — По дурному, bêtement. — **30**. Не проводить-ли мнѣ васъ ? — Sous-entendu ne convient-il pas à moi, не слѣдуетъ-ли мнѣ... — **31**. Chez les paysans russes comme chez nous dans certaines provinces reculées, l'accoucheuse est la providence de tous ; c'est à elle qu'on a recours en toute occasion ; elle sait un peu de magie noire, connait des remèdes secrets, etc. — **32**. Робронъ. — Sorte de waterproof, vêtement de dessus. — **33**. Заставать — (régulier). — Застать. — Futur : я застану. — **34**. Двери en russe s'emploie plus souvent au pluriel qu'au singulier à cause des deux battants, comme on dit aussi *des pantalons* (Брюки) à cause des deux jambes. — **35.** **Уборная.** — Adjectif employé substantivement parcequ'on sous-entend Комната; il signifie *cabinet de toilette, boudoir.* — **36**. — За туалетомъ. — Littéralement *derrière sa toilette*, comme on dit за столомъ, à *table*. — **37.** Voir *une vieille ville russe*, remarque 1. — **38.** En russe, quand le pronom possessif se rapporte au sujet du verbe, à quelque personne qu'il soit, on emploie свой, своя, свое. — j'ai vu mon père, я видѣлъ своего отца. — **39.** Хотя... но... V. *Méthode Ollendorff*, leçon 55.

NOUS SOMMES SEPT

1. — Вязать. — Présent : я вяжу. — **2.** **Рубить.** — Présent : я рублю. — **3.** Сосчитывать. — (régulier). — Сосчитать. — Futur : я сосчитаю. — Счесть. — Futur : я сочту. — Voir *Méthode Ollendorff*. leçon 27.

KRYLOF

1. V. *Sur Vladimir* remarque 7. — **2.** Впрягать — (régulier). — Впречь. — Futur : я впрягу. — **3.** Лѣзть. — Présent : я лѣзу. — Лазить. — Présent : я лажу, ты лазишь. — **4.** Рвать. — Présent : я рву. — **5.** Пятиться. — Présent : я пячусь. — **6.** Тянуть. — Présent : я тяну. — Voir *Méthode Ollendorff*, leçon 44. — **7.** Ползти. — Présent : я ползу. — Ползать. — Présent : я ползаю. — **8.** Начинать. — (régulier). — Начать. — Futur : я начну. — Voir *Méthode Ollendorff*, leçon 28. — **9.** Стеречься. — Présent : я стерегусь. — **10**. Мой свѣтъ, expression de tendresse. — **11.** По пустому. Voir *Rencontre avec Catherine II*, remarque 29. — **12**. У нихъ, formule de respect. — **13**. Влетать — (régulier). — Влетѣть. — Futur : я влечу. — **14.** Съ полсотни, exprime le doute, *environ un demi-cent.* — **15.** V. *le Chasse-neige*, note 7. — **16**. Полно, littéralement *pleinement*. — **17.** Братецъ diminutif de Братъ. — **18**. Взглядывать. — (régulier). — Взглянуть. — я взгляну. — V. *Méthode Ollendorff*, leçon 25.

TABLE DES MATIÈRES

KOZLOF

KRYLOF

PARIS. — IMP. V. GOUPY ET JOURDAN, RUE DE RENNES, 71.

www.ingramcontent.com/pod-product-compliance
Ingram Content Group UK Ltd.
Pitfield, Milton Keynes, MK11 3LW, UK
UKHW031909260826
14628UKWH00003B/1081

9 782329 347103